KB231378

산트로

산트로 기적

1판 1쇄 인쇄 ｜ 2012. 4. 2
1판 1쇄 발행 ｜ 2012. 4. 6

지은이 ｜ 이원호
펴낸이 ｜ 박연
펴낸곳 ｜ 한결미디어

등록일자 ｜ 2006. 7. 24.
등록번호 ｜ 제 313-2006-000152호
주 소 ｜ 서울 마포구 성산동 133-3 한올빌딩 6층
전 화 ｜ 02)704-3331 팩 스 ｜ 02)704-3360

ISBN 978-89-93151-33-6   978-89-93151-32-9(세트)   04810

* 잘못 만들어진 책은 구입처에서 교환해 드립니다.

산트로(Santro)

기적

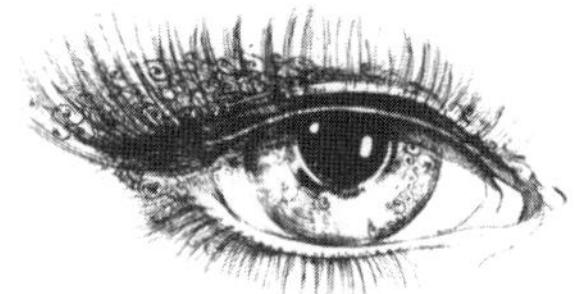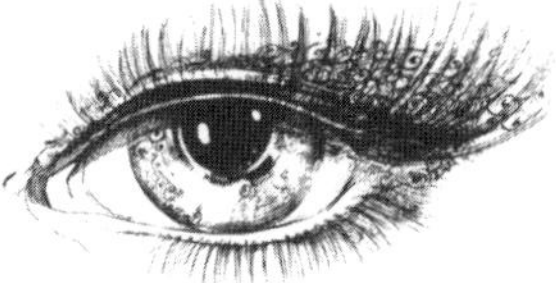

한겨레미디어

서문

나는 산트로(Santro).

너희들에게 보이지도 잡히지도 않는 영적 존재.

형체가 없고 질량도 없으나 너희들 모두를 덮고 있어서 행
동이나 생각까지를 일순간 보고 알 수가 있다.

인류여,

짧은 인생을 사는 동안 기적을 만나지 못한 지구인이여,

어느 날 갑자기 네 몸에 들어가 기적을 일으킬테니,

인류여,

기대하라.

그 조건은 여덟 가지 중 하나이다.

1. 하늘을 우러러 볼 때,

1. 맑은 눈물이 흐르거나,

1. 밝고 큰 웃음소리,

1. 어머니를 부르는 소리,

1. 아버지를 부르는 소리,

1. 손으로 심장과 눈을 만지거나,

1. 마지막 순간의 소원.

바로 그 순간,

"산트로!"

합체되면서 네 입에서는 내 이름이 터져 나온다.

차례

1장 나

"다 도둑놈이야."

최준성이 단언하듯 말하더니 가늘게 뜬 눈으로 김기용을 본다. 형광등 빛에 대머리가 번들거리고 있다. 꼭 계산대 앞쪽에 놓인 삶은 계란 같은 머리, 우유팩을 정리하는 김기용의 옆모습에 대고 최준성이 말을 잇는다.

"방심하면 안 돼. 눈 깜박하는 사이에 사기 당하는 세상이란 말이다."

최준성은 7년간 인테리어 사업을 했는데 동업자가 사기를 치고 도망가는 바람에 거지가 되었다고 했다. 김기용보다 다섯 달쯤 먼저 들어온 순미 누나의 말은 또 다르다.

순미 누나한테는 5년간 여행사를 운영하다가 비행기 추락 사고로 엄청난 보상금을 물었기 때문에 이따위 편의점 사장

신세가 되었다고 말했다는 것이다, 우유팩 정리를 마친 김기용이 다가서자 최준성이 돈을 내밀었다. 세어볼 필요도 없다. 석장, 만 원권 두 장에 오천 원권 한 장, 이만 오천 원. 10시간 노동의 대가다. 아니 지금이 8시 반이니까 10시간 반 일했지만 열 시간 보수를 준다. 꼭 10시간 일 끝내고 제품 정리를 시키는 바람에 3, 40분을 더 일하게 만드는 것이다. 시간당 2천5백 원. 한 달 꼬박 일해도 75만 원이다. 돈을 받아든 김기용이 머리를 끄덕하고 인사를 하고는 몸을 돌렸다. 그때 최준성이 등에 대고 소리쳤다.

"야, 소매치기 조심해."

편의점을 나오면서 김기용은 쓴웃음을 짓는다. 지갑에는 지금 받은 2만5천 원하고 백 원짜리 동전 몇 개밖에 없는 것이다. 순미 누나는 점장 최준성이 미쳤다고 했다. 최준성이 만난 군상들은 다 사기꾼, 도둑놈, 강도였다. 앞에 대고는 고분고분 했지만 눈에 보이지 않을 때는 입에 게거품을 물었다. 하기는 김기용 앞에서 순미 누나가 도둑질을 하는 것 같다고 했다. 둘이 있을 때 말을 맞춰본 결과 점장이순미 누나한테는 김기용이 생수 한 박스를 가져간 것 같다고 한 것도 알게 되었다. 밤 10시부터 다음날 오전 8시까지가 근무 시간이어서 밤을 꼬박 새워야만 한다. 한 달 동안 야근이라 보름이 지난 요즘은 익숙해졌지만 아침에 걸을 때는 다리가 휘청거렸고 몸이 흔들렸다. 지하도 입구로 들어서던 김기용은 바지에 넣은 핸드폰의 진동음을 느끼고는 멈춰 섰다. 핸드폰을 꺼낸 김기용이 발신자 번호부터 보았다. 예상했던 대로 서윤아다. 김기용이 핸드폰을 귀에 붙인다.

“응, 출근했어?”

“응, 넌 퇴근했겠다.”

나긋한 서윤아 목소리를 들은 순간 김기용은 어깨를 늘어뜨린다. 지하도 계단의 벽에 어깨를 붙였을 때 서윤아가 묻는다.

“오늘 저녁에 부대찌개 먹을래?”

“그래.”

그러자 서윤아가 목소리를 낮췄다.

“그럼 7시 반에 그 집에서 봐, 안녕.”

“그래.”

휴대폰의 덮개를 닫은 김기용이 다시 지하도 계단을 내려간다. 오후 10시부터 근무니까 같이 있는 시간은 2시간 정도. 그 집이란 편의점에서 도보로 10분 거리에 있는 ‘포천 부대찌개 집’을 말한다. 하지만 서윤아가 일하는 당산동의 마트에서는 지하철로 한 시간이 걸린다. 스무 살 동갑내기지만 서윤아의 마음 씀씀이가 고맙다.

상계동 15평형 임대아파트는 지은 지 10년이 지나 아파트 벽에 금이 갔고 비상계단 쇠난간이 군데군데 떼어져 있다. 주위는 재개발단지로 지정되어 철거중이어서 분위기는 더 황량하다. 아파트 문을 열고 들어선 김기용이 놀라 눈을 크게 떴다. 소파에 어머니가 앉아 있었기 때문이다.

"어? 오늘 수원 간다면서?"

엉겁결에 그렇게 물었던 김기용이 집안을 둘러보고는 숨을 삼켰다. 집안은 수라장이 되어있다. 쓰레기통이 뒤집어졌고 TV는 바닥으로 내동댕이쳐졌다. 깨진 그릇이 좁은 주방 바닥에 깔려져 있다. 어머니 유선옥이 외면한 채 대답하지 않았으므로 김기용은 잠자코 집안 청소를 하기 시작했다. 이혼한 아버지가 다녀간 것이다. 5년 전에 이혼한 아버지 김동균은 2년쯤 전부터 찾아와 어머니를 괴롭혔다. 대낮에도 술 냄새를 풍기고 들어와 돈을 안주면 행패를 부리는 것이다. 그동안 어머니나 동네 사람들의 신고로 수십 번 경찰에 잡혀갔고 실형도 세 번이나 살고 나왔지만 악착같았다. 알코올중독이어서 몇 달간 요양원에 잡혀 있다가 도망쳐 나오기를 반복했다. 그러고는 집을 옮겨도 귀신같이 찾아오는 것이다. 깨진 그릇을 치우다 발이 찔렸으므로 김기용은 바닥에 주저앉았다.

"다쳤냐?"

그동안 외면한 채 동상처럼 앉아있던 어머니가 물었으므로 김기용은 그때서야 얼굴을 본다. 아버지한테 맞아서 입술이 터졌고 눈 한쪽은 멍이 들었다.

"내가 죽여 버릴 거야."

시선을 내린 김기용이 잇사이로 말한다. 그러나 어렸을 때부터 맞고 자랐기 때문인지 아버지와 시선만 마주쳐도 온몸이 굳어진다. 실현될 수 없는 일이었다.

"내가 수원에 가야 되는데."

자리에서 일어나려다가 다시 앉은 어머니가 앓는 소리를 내면서 말했다. 손으로 허리를 움켜쥐고 있다.

"응? 다쳤어?"

이번에는 김기용이 묻는다. 발바닥 상처는 피만 조금 나왔다.

"아! 야야야."

어머니가 상반신을 펴면서 다시 신음했다. 아버지한테 맞아 허리를 다친 것이다.

김기용이 어머니의 어깨를 잡아 소파에 조심스럽게 밀어 눕힌다.

“내가 파스 사와?”

“응.”

어머니가 눈물이 가득 고인 눈으로 김기용을 올려다보았다.

“기용아.”

“왜?”

“내가 허리를 다쳐서 수원을 못가겠는데, 네가 대신 가줄
래?”

“그러지 뭐, 먼저 파스 사오고.”

“미안해.”

“천만에.”

가볍게 대답했지만 다시 김기용의 가슴에서 뜨거운 기운
이 솟아오른다. 수원에 다녀오면 잠을 잘 시간이 없을 것이
다. 그러나 어머니가 일 때문에 몇 번이나 미룬 일이어서 오
늘은 가봐야만 한다. 계단을 내려오면서 김기용은 길게 숨을
뱉는다. 수원역 앞 ‘굿 타임’ PC방에서 동생 김수진하고 비
슷한 여자애를 본 것 같다는 연락을 받았기 때문이다. 여고
1학년을 다니던 동생 김수진이 가출한 것은 6개월 전이다.
아버지만 오면 깜짝깜짝 놀라기만 하던 수진이 어느 날 달라
졌다. 어머니를 패는 아버지 등을 식칼로 찌른 것이다. 상처
는 크게 나지 않았지만 더욱 흉포해진 아버지는 모녀를 같이

팼고 다음날 아침에 수진은 가출한 것이다. 떠나기 전날 밤, 그때는 주유소 알바를 하고 밤늦게 들어온 김기용에게 수진이 말했었다.

"병신아, 엄마 잘 지켜."

그때는 무슨 일이 일어났는지 김기용은 몰랐다. 나중에야 자신이 일 나간 동안에 벌어진 소동을 옆집 아줌마한테서 들은 것이다. 병신이라고 한말도 맞다. 수진의 결단력이라든가 당돌한 성품이 오빠인 자신보다 낫다고 생각했으니까. 아버지가 어머니를 패는 것을 지켜보면서도 김기용은 말 한마디 제대로 못했으니까.

찾아다니는 것도 오래 지나면 지친다. 어머니는 수진이 가출하자 즉시 실종신고를 내었고 처음 며칠간은 만사를 불구하고 경찰서에 가서 살았다. 그러다가 직접 찾아다니기 시작했는데 부산까지 다녀왔다. 동네방네 실종된 여학생을 찾는다는 포스터를 붙였더니 부산에서 장난 전화가 걸려왔기 때문이다. 경찰은 지금도 가출이라고 주장했고 실종이라는 표현을 싫어했다. 석 달쯤 지나면서부터는 하루 일 나가고 하루 찾아다니더니 6개월이 지난 지금은 일주일에 한 번꼴로 지방을 다닌다. 어머니는 수진이 서울을 떠난 것으로 믿는 것 같았다. 그것은 아버지가 서울에 있기 때문이라는 것이다. 김기용도 꽤 많이 수진을 찾으러 돌아다닌 통에 서울 지리가 훤해졌다. 그래서 나중에 택시 운전사를 하는데 도움이 될 것이라는 생각이 든다.

"못 봤는데."

예상했던 대로 수원역 앞 '굿타임' PC방 주인이 힐끗 포스터 사진을 보더니 뱉듯이 말한다. 그리고는 눈을 가늘게 뜨고 김기용을 보았다.

"동생이야?"

"네."

시선을 내린 김기용이 낮게 대답했다. 키는 1미터 80센티미터를 넘었지만 내성적인데다 겁이 많아서 남과 눈을 오래 마주치지 못한다. 중고등학교 때 원체 말이 없고 티가 나지 않게 다녀서 다행히 왕따나 이지메 따위는 당하지 않았지만 친한 친구도 없다. 중간 성적에 겨우 전문대 전자학과에 입학했다가 1학년 한학기만 마치고 휴학했다. 등록금을 낼 형편이 못되었기 때문이다.

"언제 나갔는데?"

PC방에는 손님이 딱 두 명, 중년 사내 둘 뿐이었다. 심심했

는지 40대쯤의 주인이 포스터를 부채처럼 얼굴 앞으로 흔들
면서 물었다.

"예, 6개월이 지났는데."

"허어."

입맛을 다신 주인이 다시 수진의 포스터 사진을 보았다. 중
학교 때 찍은 사진으로 수진이 흰 이를 드러내고 웃는다. 귀
여운 표정이다. 주인이 물었다.

"요즘 애들 어떻게 노는지 알지?"

"예."

"누가 여기서 애를 봤대?"

"예. 친구 하나가."

그리고는 김기용이 서둘러 덧붙인다.

"비슷한 얼굴을 봤다고……."

"언제?"

"한 달쯤 전에……."

"지나다가 들렀을 수도 있지."

그러더니 다시 눈을 가늘게 뜨고 포스터 사진을 본다.

"손님 잡으려고 말야."

"……."

"원조교제는 요즘 하도 흔해서."

그때 김기용이 사내에게 손을 내민다.

"저, 그, 사진 주세요."

왠지 수진의 사진이 사내의 손에 들려 있는 것이 싫었기 때문이다.

"눈이 빨개."

김기용을 보자마자 서윤아가 말한다. 둘은 지금 '포천 부대찌개 집' 앞에 서있다. 오후 7시25분. 잠을 세 시간밖에 자지 못했다. 서윤아가 가방에서 손수건을 꺼내더니 내밀었다.

"눈 닦아."

김기용이 손수건으로 눈을 닦고는 제 주머니에 넣는다.

"빨아서 줄게."

"너 가져."

그러더니 서윤아가 앞장서 식당 안으로 들어선다. 식당 안은 손님이 많았는데 대부분이 젊은 층이다. 싸고 양이 많은데다 맛도 꽤 좋았기 때문이다. 구석자리를 겨우 찾아 부대찌개를 시킨 서윤아가 묻는다.

"술 마실래?"

"안돼."

"점장하고 교대하는 게 아니잖아?"

"술 마시면 졸려서 안돼."

"그럼 나만 마실게."

하더니 서윤아가 손을 들고 소리쳐 소주를 시켰다. 서윤아하고 사귄지 4개월째가 되어가고 있었지만 항상 이렇다. 주도권을 서윤아가 쥔다. 만나자는 약속도, 시간도, 장소도, 그리고 헤어질 때도 서윤아가 정한다. 김기용은 그냥 따르는 편이다. 서윤아를 만나게 된 것은 수진의 포스터를 슈퍼마켓의 벽에 붙였기 때문이다. 꽤 큰 슈퍼마켓이었는데 주인이 쫓아나와서는 당장 떼라고 소리 소리를 질러서 김기용은 말없이 떼어주었다. 그랬더니 주인이 미안했는지 사연을 묻기에 김기용은 더듬거리며 털어놓았다. 그 사연을 주인과 경리를 보던 서윤아, 주인마누라까지 셋이 나란히 서서 듣더니만 슈퍼마켓의 벽에 다시 포스터가 5장이나 붙었다. 주인이 도와주라고 해서 서윤아는 포스터 붙이는 것을 거들었다. 그리고 다음날 오후에 전화를 해온 것이다. 물론

"네 전번 알려줘."

하고 풀 묻은 손을 내민 것도 서윤아였다. 서윤아는 소주 한 병을 부대찌개 안주로 다 마셨다.

"난 널 좋아해."

서윤아가 붉어진 얼굴로 김기용을 쏘아보며 말했다. 시선

을 내린 김기용에게 서윤아가 말을 잇는다.

"근데 좀 박력이 있었으면 좋겠어."

"……."

"이게 뭐니?"

그러더니 서윤아가 상체를 숙이고 김기용과의 거리를 좁혔다.

"너, 뭘 기다려?"

김기용은 숨을 죽인다. 넉 달이 되도록 키스도 못했다. 손만 몇 번 잡았을 뿐이다. 그렇다, 안 한 것이 아니라 못했다.

편의점에 들어섰을 때는 정확히 9시 50분. 무료한 표정으로 서있던 순미 누나가 활짝 웃는다. 가지런한 이가 드러났고 맑은 눈이 반짝였다. 미인이다. 긴 생머리를 뒤에서 묶어 말꼬리처럼 만든 것도 마음에 든다.

"조금 전에 아줌마가 다녀갔어."

계산대에서 나온 순미누나가 탈의실로 다가가며 말했다. 아줌마란 점장 최준성의 부인을 말한다. 교대시간 전에 와서 그동안의 판매 대금을 잔돈만 남겨두고 가져가는 것이다. 옷을 갈아입고 나온 순미 누나가 계산대 앞에 서더니 눈을 크게 뜨고 김기용을 본다.

“너, 잠은 제대로 잤니?”

“응.”

시선을 내린 김기용이 대답하자 순미 누나가 길게 숨을 뱉는다.

“얼굴이 안됐다. 잠이나 잘 자.”

그리고는 몸을 돌리는 순미 누나의 등을 향해 김기용이 말한다.

“누나, 잘 가.”

“그래.”

손만 들어 보인 순미 누나가 밖으로 나갔을 때 김기용은 어금니를 문다. 뭔가 할 말이 있는 것 같았지만 항상 순미 누나 앞에서는 말이 막힌다. 그것이 혹시 순미 누나의 알몸을 떠올리며 자주 자위를 하기 때문이 아닐까? 여자 친구인 서윤아를 대상으로 삼는 경우는 열 번에 한두 번 정도일 뿐이다. 순미 누나도 역시 휴학생이다. 그러나 일류 여대인 대한여대 3학년 1학기를 마치고 휴학했다. 그것도 경쟁률이 높은 영문과. 이순미는 김기용에게 유일한 희망을 주는 대상이다. 이순미만 떠올리면 가슴이 뛰고 기운이 솟기 때문이다. 그 외에는 아무것도 없다.

핸드폰의 발신자 번호가 생소했으므로 김기용은 한동안 망설였다. 예감이 수상했기 때문이다. 그러나 결국 자신이 받고야 말리라는 예상 또한 들었으므로 김기용은 울고 싶어졌다. 편의점의 벽에 걸린 소주회사 시계가 오전 2시 10분을 가리키고 있다. 김기용은 마침내 핸드폰을 귀에 붙인다.

"여보세요."

"이 새끼, 왜 전화를 지금 받아!"

버럭 외치는 목소리. 아버지다.

김기용은 이를 악물었지만 끊지는 못한다. 그것을 아버지가 알고 있다고 생각하자 가슴이 답답해졌고 목까지 메어졌다. 이러다간 눈물이 쏟아질 것이었다. 그때 아버지가 소리쳤다.

"너, 임마. 어디야!"

"왜요."

목이 잠겨서 목소리가 겨우 나왔지만 아버지는 알아듣는다.

"왜긴 왜야? 이 상놈의 새끼. 너, 지금 어디 있느냔 말야!"

아버지의 목소리는 취했다. 전화번호가 일반 번호로 나온 것은 공중전화였다. 99% 예상했다. 나머지 1%가 집나간 동생 수진이가 한 전화. 김기용은 가만있었으므로 아버지 김동균은 더 악을 썼다.

"너, 나한테 죽을래? 이 시발 놈. 너, 내가 집에 찾아가서 아주 죽일 테여. 야, 너, 돈 있지? 돈 10만 원, 아니 5만 원만 가져와. 내가 지금, 여보세요, 아, 시발!"

하면서 통화가 끊겼다. 동전이 다 떨어진 것 같다. 핸드폰을 귀에서 뗀 김기용이 서둘러 배터리를 분리시켰다. 그래 놓고 가슴이 벌렁벌렁 뛰었으므로 숨까지 헐떡였다. 그때 술 취한 손님 둘이 들어섰으므로 김기용은 깜짝 놀란다.

오전 3시40분. 휴대폰에 다시 배터리를 넣은 지 10분도 안 되어서 벨이 울렸다. 발신자는 어머니. 어머니의 휴대폰 번호가 찍혀져 있다.

"어머니."

김기용이 부르자 어머니는 가만있었다.

"어머니, 왜?"

"나, 아파."

어머니가 목소리는 가늘어서 겨우 알아들었다.

와락 겁이 난 김기용이 편의점 안을 둘러보았다. 이 시간에 손님은 드물다. 한 시간에 서너 명. 대개 술 취한 젊은 남녀. 편의점 안은 텅 비었다.

"어, 어디가 아파?"

김기용이 묻자 어머니의 숨소리가 들렸다. 가쁘다.

"네 애비가……."

"맞았어? 어디?"

소리치듯 묻자 어머니가 가쁜 숨을 뱉으며 말했다.

"배가."

"119 불러!"

"네가 올 수 없어?"

그리고는 어머니가 짧게 흐느꼈다.

"무서워서 그래."

"기다려."

휴대폰의 덮개를 덮은 김기용이 멀거니 앞쪽의 진열대를 보았다. 그때 안으로 남녀 한 쌍의 손님이 들어온다. 김기용 또래의 남녀. 둘 다 술에 취했다. 둘은 삼각 김밥과 우유, 핫도그에다 캔 커피까지 고르더니 계산하는 도중에 계집애가 초콜릿도 집어 와서 시간이 더 걸렸다. 계집애는 쉴 새 없이 재잘대었고 사내는 자꾸 웃었다. 둘이 나갔을 때 김기용은 아직도 손에 쥐고 있던 휴대폰을 본다. 손바닥이 땀으로 젖었다. 한동안 휴대폰을 내려다보던 김기용이 덮개를 열고 버튼을 눌렀다. 그리고는 귀에서 5센티쯤 떼고 기다린다.

"여보세요."

순미 누나의 목소리가 들린 것은 신호음이 세 번 울렸을 때.

"기용이니? 웬일이야?"

걱정스런 순미 누나의 목소리를 듣더니 김기용은 흐느끼듯 호흡했다. 그리고는 마른 목소리로 말한다.

"누나. 엄마가 아파서 그러는데, 내가……."

"알았어, 내가 갈게."

순미 누나가 금방 대답한다. 그리고는 서두르듯 말을 잇는다.

"택시 타고 갈게. 30분쯤 걸릴 거야."

"미, 미안해, 누나."

"끊어."

통화가 끊겼을 때 김기용은 마침내 손등으로 눈물을 닦는다.

"엄마."

놀란 김기용이 현관 앞에 누워있는 어머니를 보고 소리쳤다. 어머니는 비스듬히 누웠는데 몸이 새우처럼 굽혀졌다. 얼굴빛은 종이처럼 하얗고 눈만 붉다.

"기, 용, 아."

겨우 이름을 부른 어머니의 눈에서 눈물이 흐른다. 김기용은 어머니를 들쳐 업었다. 어머니 몸은 가볍다.

"엄마, 죽지 마."

현관문을 열면서 김기용이 다짐하듯 말한다. 어머니가 대답대신 두 팔로 김기용의 목을 감아 안았다. 그러나 힘이 없다. 감았다가 곧 풀어졌다.

"장 파열이라 수술 해야겠어요."

응급실 의사가 지친 표정으로 말했다.

"급해요, 가족이시죠?"

"예? 예, 제가 아들."

"원무과에다 이야기 했으니까 얼른 수속 밟으세요."

"예."

김기용은 뛰었다. 이리 뛰고 저리 뛰고. 어머니는 그 고통 속에서도 옷을 챙겨 입었고 주머니에 의료보험카드까지 넣었다. 그리고는 병원에 도착했을 때 김기용의 손에 돈을 쥐어 주었다. 병원비로 내라는 돈, 10만 원권 수표 세장이 세 번이나 접혀져서 화투짝만 했다.

오전 7시10분. 수술실 앞 벤치에 쪼그리고 앉은 김기용의 주머니가 진동을 한다. 휴대폰의 진동. 꺼내본 김기용이 서둘러 휴대폰을 귀에 붙인다. 순미 누나다.

"응, 누나."

"엄마 괜찮으셔?"

"지금 수술중이야."

"응?"

놀란 순미 누나의 목소리가 커졌다.

"아니, 어디가 아프셔서?"

"장 파열!"

다시 흐느끼듯 숨을 삼킨 김기용이 조금 망설이다 말한다.

"넘어지셨어."

"수술 언제 끝나?"

"8시쯤."

"내가 같이 있어줄까? 거기 어디니?"

"아냐, 누나."

당황한 김기용이 손까지 젓는다.

"누나, 됐어. 안와도 돼."

"내가 점장한테 이야기 잘 해놓을 테니까 걱정 마!"

순미 누나가 그러더니 덧붙였다.

"너 며칠 쉬어. 여기 아니더라도 편의점 알바는 많으니까."

어머니는 아버지한테 발길로 채였다고 했다. 김기용도 맞아봤지만 무지막지한 주먹질 발길질이다. 어렸을 때부터 하도 맞아서 김기용은 매 잘 맞는 복싱 선수처럼 커버링 자세가 제대로 갖춰졌지만 어머니는 다르다. 아버지도 때리는데 도사가 되어서 뭐라고 이야기를 하다가 갑자기 스트레이트를 뺀고 훅을 날린다. 무릎으로 치고 발뒤꿈치로 등을 찍는데 K-1보다 더 악랄하다. 맞고 살면 주눅이 드는 법이다. 스무 살이 된 지금 아버지보다 머리통 하나가 컸지만 시선만 마주쳐도 오줌이 마려운 것이다. 김기용은 수술이 끝나 중환자실로 옮겨진 어머니를 보려고 이제는 중환자실 앞의 벤치에 앉아있다. 오전 10시 10분. 수술이 잘 끝났는지 모르겠다. 병상에 눕혀진 채 수술실에서 나온 어머니는 의식이 없는 채로 중환자실로 옮겨졌으니까. 그리고 어머니 옆을 따라 오느라고 의사한테 물어보지도 못했다. 수술실에서 나온 의사 두 명이 힐끗거리다가 돌아갔는데 괜히 겁이 나서 시선도 마주치지 못했다. 하룻밤은 꼬박 새웠고 어제도 낮에 세 시간밖에 잠을 못 잤지만 머리는 맑았다. 그러나 몸이 무겁다. 플라스틱 벤치에 엉덩이가 딱 붙은 것 같고 누가 어깨를 누르는 느낌이 든다. 벤치에는 TV를 보고 있는 중년 여자가 한 명 앉아있을 뿐이다. 김기용은 문득 여자 친구 서윤아를 떠올린다. 지금쯤

회사에서 일하고 있을 것이다. 그러나 얼굴이 눈앞에 그려지지 않는다. 눈썹을 모은 김기용이 애써 서윤아의 얼굴 조각을 모으다가 어느덧 잠이 들어버렸다. 깊은 잠.

"수술비는 얼마나 나왔어?"

오전 12시. 중환자실 면회 시간에 들어간 김기용을 보더니 어머니가 처음 뱉은 말이 그랬다. 어머니의 얼굴은 파리했고 팔에 링거 병이 매달려 있었지만 병원에 실려 올 때보다는 나았다. 옆에 간호사가 있었으므로 우물거리던 김기용이 독촉하는 것 같은 어머니의 시선을 받더니 겨우 말했다.

"아직 모르겠어."

그때 나이든 간호사가 붕대를 치우면서 말한다.

"수술은 잘 끝났대요."

그러더니 힐끗 김기용을 보았다.

"원무과에 가면 생활보호 대상자용 서류가 있어요. 찾아보세요."

그리고는 몸을 돌렸으므로 김기용은 제 붉어진 얼굴을 보이지 않아도 되었다.

"네 아버지한테서 전화 왔지?"

어머니가 묻자 김기용은 시선을 든다.

"응? 왜?"

집에서 어머니를 업고 택시를 타고 병원에 도착해서 응급실을 거쳐 수술을 받고난 지금까지 어머니의 장이 파열된 사연은 듣지 못했다. 이쪽에서 묻지도 않았고 그럴 정신도 없었다. 아버지가 그랬다는 것만 말했을 뿐이다. 그런데 어머니가 전화 이야기를 꺼낸 순간 김기용의 가슴이 무섭게 뛴다. 그렇다면, 아, 그렇다면. 그때 어머니가 말을 잇는다.

"네가 전화를 안 받는다고, 그것도 내가 시킨게 아니냐고 하면서, 발로 내 배를 찬 거야."

배가 아픈지 어머니가 얼굴을 찡그리며 가쁜 숨을 뱉다가 겨우 말을 잇는다.

"수술하기 전에 마취 받으면서 그냥 이대로 죽고 싶다는 생각이 들었는데, 자꾸 너하고 수진이가 눈에 밟혀서."

"그만!"

김기용이 손바닥으로 어머니의 입을 덮는다. 그리고는 다시 흐느끼듯 숨을 들이켰다. 요즘은 자주 이런다.

"엄마가 죽으면 나도 죽어."

제 입에서 제법 또렷하게 나오는 제 목소리를 들은 김기용이 눈을 크게 떴다. 신기하다. 김기용이 말을 잇는다.

"아마 수진이도 죽을 거야. 그럼 다 죽어. 그 사람만 빼고."

그 사람이란 아버지다.

휴대폰을 귀에 붙인 김기용이 숨을 죽인다. 그때 점장 최준성의 목소리가 울렸다.

"응, 너, 어쩌려고 그래?"

오후 4시. 지금은 순미 누나가 일할 시간이었지만 조금 전에 점장하고 일찍 교대했다. 오늘 새벽부터 김기용 대신 일을 했기 때문이다.

"죄송합니다. 어머니가……."

"아, 들었어."

김기용의 말을 자른 점장의 목소리가 높아졌다.

"오늘 나올 수 있겠어?"

"제가 지금 병원에……."

"못나온단 말이야?"

"예, 며칠……."

"그럼 알바 다른 애 써야겠다."

점장이 매섭게 말을 자르더니 전화를 끊는다. 예상하고 있었으므로 김기용은 잠자코 휴대폰을 귀에서 떼었다.

오후 5시 반. 왼쪽 주머니에 넣어둔 어머니의 휴대폰이 진동을 한다. 아까 집에 가서 옷가지와 어머니 휴대폰까지 들고 나왔기 때문이다. 휴대폰을 꺼내본 김기용의 표정이 어두워졌다. 불길한 예감이 들었기 때문이다. 모르는 번호. 또 가정집 전화 같다. 그러나 혹시 어머니가 일하는 가게일지도 모른다. 김기용은 심호흡을 하고는 휴대폰을 귀에 붙였다. 그러나 응답은 하지 않았다. 그때 수화기에서 울리는 사내 목소리.

"너, 말 안 할 거야?"

아버지다. 벌써 취한 목소리다. 숨을 죽인 김기용의 귓속을 아버지의 목소리가 파고들었다.

"너, 이 쌍년. 식당에도 안 나가고 집에도 안 들어오겠단 말이지? 어디 두고 보자."

이를 악문 김기용의 눈에는 아무것도 보이지 않는다.

"그놈의 새끼하고 짜고 날 물 먹이겠다, 이거야? 이 김동균이가 그렇게 당할 놈 같아? 이 쌍……!"

마침내 김기용은 휴대폰의 덮개를 덮고는 어깨를 늘어뜨리면서 길게 숨을 뱉는다. 아버지는 지금 집 근처에 있다. 열쇠도 없고 옆집 사람들한테 발각되면 당장 신고가 들어가기 때문에 문을 따고 들어가지는 못한다. 동네 사람들도 김동균이라면 학을 떼기 때문에 어디 숨어있을 것이었다. 그때 오른쪽 바지 주머니에 넣은 제 휴대폰이 진동을 했으므로 김기용은 깜짝 놀란다. 휴대폰을 꺼내본 김기용은 같은 번호가 찍혀져 있는 것을 보았다. 조금 전 어머니의 휴대폰에 찍힌 번호와 같은 것이다. 김기용은 휴대폰을 다시 주머니에 넣었다. 아예 배터리를 빼버릴 배짱은 없다.

김기용은 중환자실 앞 플라스틱 벤치에 앉아 깜박 잠이 들었다. 머리가 비틀려졌고 입 끝에서 침이 흘러나오고 있었지만 얼굴은 평온하다. 지금 김기용은 꿈을 꾸고 있는 것이다.

"오빠 고마워."

김기용이 용돈으로 준 10만 원권 수표를 흔들면서 수진이 활짝 웃는다. 그때 아버지가 나타났다. 아버지도 웃음 띤 얼굴이다.

"나, 네 엄마하고 제주도 여행 다녀올 테니까 집 잘 봐라."

"예, 아버지."

김기용은 아버지가 하나도 무섭지 않다. 아버지가 주머니에서 만 원짜리 한 장을 꺼내 내밀었다.

"이것으로 네 등록금 내."

"아버지, 돈이 모자라는데."

그러자 어머니가 나타나더니 깔깔 웃는다.

"애 좀 봐, 모자라다니. 등록금이 5천 원으로 내렸어. 5천

원 남아, 이 바보야."

"그래?"

김기용이 따라 웃으며 말했다.

"학교가 미쳤나봐."

수진이도 웃었고 네 식구가 다 웃었다.

"학생."

누가 어깨를 흔드는 바람에 김기용은 잠에서 깨어났다. 나이든 아줌마가 내려다보고 서있다. 주변에 사람들이 많다.

"학생, 면회 안 해?"

아줌마가 묻자 김기용은 서둘러 일어나다가 침 흘린 것을 느끼고는 손등으로 입을 닦는다. 벌써 오후 7시. 면회시간이 되었다.

다음날 오후에 외할머니가 오셨다. 그러니까 어머니가 병원에 입원한지 사흘째가 되는 날 오후다. 어머니는 이제 6인실로 내려가 있었는데 내일부터는 죽을 먹는다고 했다. 충북 보은군의 산골마을에서 혼자 사시는 외할머니는 묘지기다. 할머니는 외딴집 뒤쪽 산에 있는 10여기의 묘를 관리해주고 일 년에 두 번씩 수당을 받는다고 했다. 전에는 외삼촌하고 둘이 일했는데 외삼촌이 10년 전에 차 사고로 죽은 후부터는 혼자 일한다. 외숙모는 외삼촌이 죽은 지 얼마 안 되어서 보험금을 타자마자 도망을 갔고 외할아버지는 김기용이 태어나기도 전에 돌아가셨다고 했다.

"어이그, 이 불쌍헌 내 새끼!"

6인실 입구에서 김기용을 만났을 때 할머니가 주름투성이의 얼굴을 더 일그러뜨리며 말했다. 목소리가 커서 김기용은 얼굴부터 붉혔다. 할머니가 김기용의 손을 잡는다. 굵고 단단한 손이다.

"네 에미 어딨냐?"

"저기."

김기용이 눈으로 가리켰을 때 이미 6인실의 환자와 가족은 모두 이쪽을 보는 중이였다. 어머니는 왼쪽 가운데 자리였는데 이미 얼굴이 눈물범벅이다.

"엄니."

"아이그, 이년아. 이 썩을 년아."

버럭버럭 소리를 친 할머니가 철퍼덕 침대 앞에 주저앉더니 손바닥으로 병실 바닥을 쳤다.

"아이고오! 아이고오,! 내 딸 불쌍혀서 어쩌끄나! 이 쳐죽일 놈을 내가 낫으로 모가지를 비어야지! 아이고오! 아이고오!"

어머니는 흐느껴 울었고 김기용은 창피해서 문밖의 벽에 등을 붙이고 선 채 안으로 들어가지 못했다. 그렇다고 도망갈 수는 없는 노릇이다. 할머니한테는 어머니가 수술해서 병원에 있다고만 했을 뿐인데도 아버지한테 맞았다고 믿는 것이다. 맹수 같고 독사 같은 아버지였지만 할머니한테는 함부로 덤비지 못했다. 몇 년 전에는 할머니가 시골에서 낫을 들고 올라와 휘두르는 바람에 아버지는 계단을 뛰어내려 도망가다가 넘어져서 한동안 절름거리고 다녔다. 한동안 떠들썩하고 울고 소리를 지르다 할머니가 밖으로 나왔을 때는 10여 분이 지난 후였다. 김기용의 앞에 선 할머니의 얼굴은 말짱했다. 키는 작고 체구도 왜소했지만 할머니는 아직 정정하다. 어머니를 결국 이혼시킨 것도 할머니였다. 할머니가 경찰서, 사법서사, 변호사까지 찾아다녔고 나중에는 묘 주인 중의 아들 하나에까지 하소연을 해서 결국 이혼을 시킨 것이다. 그 묘 주인의 아들이 유명한 대장검사라고 했다. 그 덕분으로 아버지는 이혼을 당한데다가 상해죄로 6개월 형까지 살고 나왔으니 외할머니가 원수 같았을 것이다. 그러나 외할머니가 나타나면 주위에 얼씬대지 않았다.

"이리 오너라."

하고 할머니가 김기용을 데려간 곳은 복도 끝 쪽의 휴게실이다. 구석의 의자에 나란히 앉았을 때 외할머니가 묻는다.

"수진이는 언제 오냐?"

그 순간 김기용은 어머니가 수진이 가출한 사건을 말하지 않았다는 것을 알아차렸다. 심호흡을 한 김기용이 외면하고 말한다.

"학교 끝나고 과외 받는다고……."

"그래?"

머리를 끄덕인 할머니가 손을 뻗어 김기용의 손을 움켜쥐었다. 손이 나무토막 같다.

"기용아, 내가 니 엄마 데꼬 갈란다."

"예에?"

놀란 김기용의 손을 할머니가 더 세게 쥐었다.

"그 미친놈이 나한테는 찾아오지 못할 거다. 오면 내가 제 초기로 모가지를 떼어버릴 테니께."

"……."

"니 엄니는 내비두면 죽는다, 아나?"

"예, 할머니."

"이따 수진이 오면 같이 데꼬 가야 쓰겄다. 수진이는 보은으로 전학을 시키먼 된다."

그 순간 갑자기 눈이 흐려졌으므로 김기용은 서둘러 외면

한다. 할머니는 결국 어머니하고 수진이를 데려가지 못할 것
이라는 생각이 들었기 때문이다. 수진이를 찾지 못한 어머니
가 어떻게 혼자 내려가겠는가?

"난데!"
하고 수화기에서 서윤아의 목소리가 울린다. 오후 9시 반.
할머니에게 어머니를 맡기고 김기용은 복도 끝 휴게실에 우
두커니 앉아있는 중이다.
"너, 일 해?"
서윤아의 주변에서 떠들썩한 소음이 울리고 있다. 웃음소
리, 부르는 소리, 음악 소리. 카페나 노래방 같다.
"응."
겨우 그렇게 대답한 김기용의 가슴에 찬바람이 지나는 느
낌이 든다. 서윤아가 다시 묻는다.
"너, 여기로 나올 수 없어?"
그러더니 곧 큭큭 웃었다.
"미안, 너 약 올리려고 그랬어."
서윤아는 거기가 어디냐고 묻기를 바라는 것 같았지만 김
기용은 가만있었다. 그러자 김이 샌 듯 서윤아의 목소리도 차
분해졌다.

"그래, 나중에 다시 연락할게."

"응."

김기용의 대답 소리도 듣지 않고 서윤아가 전화를 끊는다. 플라스틱 의자에 등을 붙인 김기용은 서윤아와의 사이도 곧 끝날 것이라는 생각을 한다. 이렇게 흐지부지 끝난 사이는 손가락 열 개 가지고도 모자란다. 그래도 서윤아는 4개월째였으니 긴 편이다. 어떤 경우는 사흘짜리도 있었으니까. 그렇지만 한 가지 공통점은 있다. 모두 여자 쪽에서 접근해왔다는 것이다. 김기용은 이유도 안다. 동정심 때문이다. 이미 김기용은 동정심으로 맺어진 사이는 금방 그 동정의 대상에 싫증이 난다는 사실을 깨닫고 있다. 그래서 누가 오건 가건 크게 감동하지 않게 되었다. 김기용은 다시 눈을 감는다. 휴게실의 이 구석자리가 이젠 편안하다. 병원은 때로는 분주했고 때로는 한가했지만 다른 사람한테 신경 쓰는 사람이 없어서 좋다. 이렇게 구부리고 잠을 자도 우두커니 앉아 있어도 이상하게 생각하는 사람이 없는 것이다. 김기용은 잠이 들면서 이번에는 순미 누나의 꿈을 꾸었으면 좋겠다는 생각을 한다. 이왕이면 순미 누나하고 섹스를 하는 꿈이 좋겠다. 그 웃음 띤 얼굴이 절정에 올랐을 때 어떤 표정이 될까? 기대감에 침을 삼킨 김기용은 곧 깊은 잠속으로 빨려 들어갔다.

2장 수진이

외할머니는 나흘 동안 머물다가 다시 시골로 내려갔다. 묘주인중 한 명이 내려온다는 연락을 받았기 때문이다. 할머니가 손상님이라고 부르는 그 묘주인은 지난 가을에 입혔던 뗏장이 잘 심어졌는가 살피러 온다고 했다. 그 나흘 동안 수진이는 학교에서 단체로 4박 5일 여행을 갔다고 어머니가 할머니를 속였다. 그래서 할머니의 화는 김기용에게 품어졌다. 키는 전봇대만한 사내자식이 그 미친놈 하나를 막아내지 못하느냐는 것이었다. 도끼를 차고 있다가 찍으라고도 했다. 어머니는 열흘 만에 퇴원했는데 닷새째 되는 날 아버지와 통화를 했다. 어머니는 할머니가 상해 진단서 3개월짜리를 떼어 놓았다고 했더니 아버지는 전화를 끊고 나서 아직 연락이 없다. 3개월 진단서면 최소 6개월 형을 받게 된다는 것을 김기용도 알고 할머니도 알고 있다. 이번에 또 걸리면 가중처벌이 된다는 것까지 알고 있는 것이다. 김기용은 닷새를 쉬고 엿새째가 되는 날부터 편의점에 다시 나갔는데 점장은 알바를 구하지 못했기 때문이다. 아니, 구하긴 했다. 그것도 두 명이나. 그러나 둘 다 사흘을 배겨내지 못했다. 하나는 하루 만에, 또 하나는 이틀 만에 그만둔 덕분으로 점장과 왕비는 죽을 고생을 해야만 했다. 점장 부인은 아줌마가 되었다가 미운 짓을 할 때는 왕비로 불린다.

"너, 카페 알바 안 할래?"

아침에 교대를 할 적에 순미 누나가 불쑥 물었으므로 김기용이 머리를 들었다. 시선을 받은 순미 누나가 말을 잇는다.

"홍대 앞 카페야. 술도 마시고 춤추는 플로어도 있는 곳. 외국 애들이 많이 오고."

"……."

"저녁 7시부터 다음날 아침 7시까진데 시간당 5천 원 준댄다."

시큰둥했던 김기용의 표정이 5천 원 대목에서 달라졌다. 눈을 크게 뜬 김기용이 묻는다.

"알바가 몇 명이나 있는데?"

"대여섯 명 되나봐. 내 친구가 거기서 일한 지 꽤 됐어."

그러더니 순미 누나가 정색했다.

"일은 힘들어도 가끔 팁도 생기나봐. 한 달 꼬박 나가면 2백은 번대."

이백이란 말에 김기용은 침까지 삼켰다. 순미 누나가 종이에다 전번을 휘갈겨 쓰더니 내밀었다.

"나도 연락할 테니까 너도 얘한테 해봐. 내 친구 전번이야."

종이를 받으면서 김기용은 입을 벌렸다가 닫았다. 누나는 그냥 여기 있을 거냐고 물으려다 만 것이다. 그것 하나만 마음에 걸릴 뿐 당장 이곳을 떠나고 싶다.

순미 누나 친구 박남철은 첫인상이 레슬러 같았다. 그런데 과연 통성명을 하자마자 자신이 미들급 레슬러 출신임을 밝힌다. 누가 묻지도 않았다. 키는 김기용보다 머리통 하나만큼 작았지만 넓은 어깨. 목은 아예 없다. 홍대 근처의 커피숍 안이다. 박남철이 묻는다.

"너, 순미하고 얼마나 같이 있었어?"

"석 달쯤……."

"무슨 일 없었어?"

"예?"

눈을 크게 뜬 김기용을 박남철이 째려보았다. 가는 눈이 더 가늘어졌고 머리가 어깨 속으로 들어간 것 같다.

"마, 잤냐고?"

"아, 아뇨."

놀란 김기용의 얼굴이 대번에 붉어졌다. 박남철이 그 꼴을 한동안 보더니 이윽고 천천히 머리를 끄덕였다.

"응, 먹은 것 같지는 않구먼. 넌 순미 스타일이 아냐."

"……."

"어때? 할래? 한다면 오늘밤부터 나와. 내가 쥔한테 데리고 가면 끝나니까."

"저는, 점장한테."

"뭐, 빚진 거 있냐? 떼먹어."

"아, 아뇨. 저 대신 다른 알바를 구하도록 해야……."

"미친놈!"

하더니 박남철이 다시 눈을 가늘게 뜨고 김기용을 보았다.

"이 새끼, 이거 순해 빠져서 일 제대로 할지 모르겠는데. 너 학교 다닐 때 맞고 다녔지?"

"아, 아뇨."

"정말야?"

"예, 정말입니다."

"너, 오늘 저녁에 나올 거야 말거야?"

박남철이 목소리를 높였으므로 김기용의 얼굴이 이번에는 하얗게 굳어졌다.

"예, 나갑니다."

마침내 김기용이 대답했다. 하는 수 없다. 순미 누나가 소개시켜 주었으니 인연이 끊어지는 것은 아니다.

"뭐라구? 이 시발 놈 봐라?"

김기용의 말이 끝나기도 전에 점장의 목소리가 귀를 울렸다.

"너, 이 개새끼. 나 일부러 골탕 먹이려고 그러지?"

"아뇨, 저는."

휴대폰을 귀에서 조금 뗀 김기용이 말을 잇는다.

"어머니를 간, 간병해야 되거든요."

거짓말 할 때면 말을 더듬는 버릇이 있다. 김기용이 손등으로 이마에서 배어나온 진땀을 닦는다.

"죄송합니다, 사장님."

"일주일만 더 나와."

한풀 꺾인 목소리로 점장이 말했을 때 김기용은 하마터면 "예!"하고 대답할 뻔 했다. 그러나 허리를 펴고는 이를 악문다. 시간낭 5천 원 자리를 놓칠 수가 없다. 어머니는 일 못나가고 앞으로 한 달은 더 누워 있어야만 하는 것이다.

"죄송합니다. 사장님."

그러자 점장이 아우성을 쳤지만 김기용은 휴대폰을 껐다. 어느덧 이가 악물려져 있다.

아버지는 3개월 진단서를 끊었다는 말에 긴장한 것이 분명했다. 그때부터 전화도 하지 않아서 집안에 모처럼 평화가 찾아왔다. 그러나 어머니나 김기용은 이것이 계속 되리라고는 생각하지 않는다. 언젠가는 깨뜨려질 것이었다. 평온했던 기간이 길수록 깨질 때의 놀람과 고통은 더 컸다. 김기용이 홍대 앞 카페 '그리스'에 나간 지 열흘. 요령 피우지 않고 성실하게 일한 김기용은 사장 유은주의 신임을 얻었다. 유은주는 40대 중반의 여자로 여걸이다. 거침없이 욕설을 뱉으면서 종업원을 부리는 모습을 보면 진짜 왕비 같았다. 오전 7시 반. 경리한테서 일당을 받은 김기용이 홀을 나왔을 때 이층 계단을 내려오는 유은주와 마주쳤다. 유은주는 어깨에 커다란 가방을 메고 있었는데 김기용을 보더니 손짓을 했다. 오라는 시늉이다. 김기용이 계단 밑으로 다가가 서자 유은주가 묻는다.

"너, 집에 가는 거야?"

"예, 사장님."

고분고분 대답한 김기용의 위아래를 유은주가 훑어보는 시늉을 하더니 말했다.

"너, 내가 수당 줄 테니까 이 가방 들고 따라와!"

하고는 어깨에 멘 가방을 내밀었다. 우선 받아든 김기용이 붉어진 얼굴로 묻는다.

"어, 어디로 말입니까?"

"여기가 어디야? 너 그 가방에 뭐가 들은 거는 알지?"

안다, 돈이다. 어젯밤의 매상금. 매일 아침 유은주가 메고 나가는 이 가방을 보면서 알바들이 저놈만 들고 뛰면 일 년은 먹고 살 것이라고 농담하는 소리도 들었다. 유은주의 시선을 받은 김기용이 침을 삼켰다.

"예? 예!"

"그걸 들고 다니기가 거북해! 네가 같이 있어주면 좋겠다. 은행 열 때까지만."

그러더니 유은주가 발을 떼었으므로 김기용은 가방을 든 채 따른다. 가방은 묵직했다. 현관을 나왔을 때 앞을 지나던 박남철이 유은주에게 꾸벅 머리를 숙이더니 힐끗 김기용을 보았다. 그 시선이 가방도 스치고 지나갔다. 주차장으로 다가 간 유은주가 벤츠의 운전석에 오르더니 우두커니 서있는 김기용에게 말한다.

"타."

김기용은 휘청거리며 차 앞을 돌아 옆쪽으로 다가간다. 벤츠는 난생 처음 타 본다.

돈 당번이 된 후에 김기용의 일당이 2만 원 더 늘어났다. 7시에서 11시까지 4시간 일당이 더해진 셈이었는데 그 4시간은 돈 가방하고 같이 있기만 하면 되었다. 처음 이틀간은 유은주가 운전하는 벤츠를 타고 방배동의 단독주택까지 간 후에 차 안에서 10시가 될 때까지 기다렸다. 그러면 10시가 조금 넘었을 때 집 안에서 30대 여자가 나와 김기용을 제 차인 국산 중형차에 태우고 같이 은행으로 가는 것이다. 은행에서 여자는 가방에 든 돈을 입금시키고 돌아왔는데 도중에 필요가 없어진 김기용을 내려주었다. 그러다가 사흘째부터 김기용은 나름대로 시간을 적절하게 활용했다. 단독주택 현관 앞에 세워둔 차 안에서 기다릴 때 잠을 잤다. 꿀 같은 잠이다. 2시간을 달게 잘 수가 있었고 수당 만 원까지 받는다. 그리고 은행에 돈을 입금 시키고 나면 바로 은행 앞에서 헤어졌다. 돈 당번 엿새째가 되는 날, 차 안에서 잠이 들었던 김기용은 휴대폰의 진동음에 깨어났다. 바지 주머니에서 휴대폰을 꺼내본 김기용의 표정이 굳어졌다. 또 모르는 번호. 공중전화가 분명했다. 아버지의 전화가 끊긴지 이제 한 달 가깝게 된다. 근래에 들어서 가장 길게 평온했던 나날. 그러나 가슴에 철판이 한 장씩 차곡차곡 쌓이는 느낌이 들었던 기간이었다. 손에 쥔 휴대폰이 끈질기게 경련을 일으키고 있다. 이윽고 어깨를 늘어뜨린 김기용이 휴대폰을 귀에 붙였다. 그때 수화기에서 울리는 목소리.

"오빠."

김기용은 소스라쳤다. 벌떡 일어나 앉은 김기용이 눈을 부릅뜬다. 7개월 만에 수진의 목소리를 들은 것이다. 살았구나.

"너, 어디야?"

소리치듯 묻자 수진이 가만히 있다. 놀라게 한 것 같았으므로 김기용이 호흡을 가누고 목소리를 낮춘다.

"수진아, 나야, 나야, 오빠, 너, 지금."

"오빠."

수진의 목소리가 젖어있다. 가슴이 미어진 김기용이 아랫입술을 물었다가 푼다.

"응, 나야, 나. 수진아, 너, 근데."

"오빠, 나 어떻게 해."

"으응?"

놀란 김기용이 헐떡였다.

"왜? 뭐가? 무슨 일인데?"

"오빠, 미안해."

"뭐가? 뭐가? 응?"

그러나 수화기에서는 아무소리도 들리지 않는다. 귀에 붙였다 휴대폰을 떼고 살핀 김기용이 흔들어 보기까지 했다가 다시 붙였다.

"수진아. 수진아."

그때 다시 수진이 말했다.

"오빠, 엄마한테는 나한테서 전화 왔다고 하지마!"

"으응? 아니, 왜?"

"엄마가 보고 싶어."

그러고는 흐느껴 우는 소리가 났으므로 김기용의 눈에서도 눈물이 뚝뚝 떨어진다. 그때 수진이 흐느끼며 말한다.

"오빠만 와."

"으응?"

"엄마한테는 말하지 말고."

"응? 왜?"

했다가 김기용은 곧 결심한다.

"그럴게. 갈게. 어디야?"

"엄마 데려오면 나 도망갈 테니까."

"알았어."

"그럼 전화 바꿔줄게."

그러더니 곧 수화기에 다른 여자애의 목소리가 들린다.

"여긴요, 유성인데요."

유성이구나, 유성에 있었구나. 엄마가 대전은 간 것 같은데. 눈을 부릅뜬 김기용이 귀를 기울인다.

유성 번화가에서 한참 위쪽으로 벗어난 마을, 낮은 산 밑에 민가 대여섯 채가 드문드문 떨어져 세워졌지만 사람은 보이지 않는다. 어느 집에서 개 짖는 소리가 들리는 것이 위안이 되었으므로 김기용은 농로를 걸어 마을로 다가간다. 이곳은 국도에서도 3백 미터쯤이나 떨어져있는 것이다. 휴대폰을 귀에 붙인 김기용이 다시 묻는다.

"어느 집이야?"

"그대로 걸어오세요."

수진의 친구라는 여자애 목소리. 그 여자애는 지금 김기용을 보고 있지만 이쪽에서는 보이지 않는다. 만일 어머니하고 같이 왔다면 바로 들켰을 것이다. 산 밑 민가가 50미터쯤 앞으로 다가왔을 때 수화기에서 여자애가 말한다.

"두 번째 집요. 문짝이 떼어진 집. 보이죠?"

보인다. 문짝이 떼어져서 집안도. 그러나 사람은 보이지 않았다.

수진은 방안에 누워 있었는데 김기용을 보더니 입술만 벌리고 웃는 시늉을 했다. 김기용은 가슴이 턱 막히는 느낌을 받고는 말도 뱉지 못한다. 수진의 얼굴은 종이처럼 희었다. 눈 주위만 붉은 것이 마치 흡혈귀한테 피를 다 빨린 희생자 같다.

"오빠."

수진이 입술만 달싹여 불렀으므로 그때서야 김기용이 다가갔다.

"어, 어떻게 된 거야?"

자신이 듣기에도 목소리가 바짝 말랐다. 이곳까지 김기용을 안내한 수진의 친구는 뒤에 선 채 말이 없다. 머리를 노랗게 염색한데다 누런 얼굴에 루주까지 발라서 늙은 창녀 같은 모습이었다. 김기용이 수진의 옆에 허물어지듯이 앉았을 때 수진이 말한다.

"오빠, 미안해."

"너, 어디 아파?"

그 순간 김기용은 비린내를 맡았다. 피 비린내다. 눈을 치
켜뜬 김기용이 수진이 덮고 있는 더러운 인조 이불을 걷었다.
수진은 긴팔 셔츠에 헐렁한 바지를 입었는데 그 순간 비린내
가 더 심해졌다. 김기용의 시선이 아래쪽으로 옮겨졌을 때 수
진은 이불을 당겼지만 늦었다.

"아니."

놀란 김기용이 수진의 하반신에 시선을 꽂은 채로 떼지 못
한다. 비린내는 그곳에서 났다. 그리고 그 흔적이 뚜렷했다.
다리 사이의 분홍빛 바지에 피가 배어 나왔고 엉덩이 옆에 피
에 젖은 걸레 뭉치가 있다.

"어떻게 된 거야?"

김기용이 외치듯 물었을 때 이불을 당겨 덮은 수진이 소리
내어 울었다.

"이게 뭐야!"

더 크게 소리쳤지만 수진은 울기만 한다.

"에이."

응급실 의사 대부분은 젊다. 젊은 응급실 의사가 허리를 펴
더니 그 소리부터 내었다. 그리고는 김기용을 쏘아 보았다.

"어떻게 되십니까?"

“제 동생인데요.”

“친동생?”

“네.”

“어휴.”

다시 에이 하고 비슷한 탄식을 뱉은 의사가 또 묻는다.

“몇 살이죠?”

“열일곱.”

“교수님이 오실 겁니다.”

그러더니 이제 잠이 들어있는 수진에게 시선을 주고 나서 말을 잇는다.

“좀 위험해요. 어떤 돌팔이가 했는지 엉망입니다. 그리고 시간이 일주일이나 지났어요. 세상에 이렇게 답답할 수가.”

수진은 무면허 아줌마한테서 5개월짜리 태아를 빼내었다. 그것도 의료 장비도 없는 아까의 산속 폐가에서. 수술한 아줌마는 수술비 20만 원만 챙겨 도망을 갔고 그때부터 수진은 피를 흘리며 누워 있었다. 노랑머리 친구가 약국에서 사온 붕대와 탈지면으로 피를 닦고 감기만 했을 뿐이다.

어머니가 도착했을 때 수진은 깨어나지 않았다. 혼수상태. 의사는 이미 수술할 상태가 지났다고 했다. 깨어나기만 기다릴 수밖에 없다고 했지만 뻔했다. 이미 포기한 것이다. 응급실 출입이 많았던 터라 김기용은 의사의 표정을 보면 짐작이 간다. 의사들의 표정은 차분했다. 수진은 이곳까지 업고 오는 동안 입을 열지 않았고 응급실 침대에 눕자마자 그대로 잠이 든 것 같았다. 그것이 혼수상태였다. 처음에는 긴장이 풀려서 그런 줄 알았더니 아니었다. 그런데 기특하게도 수진은 어머니가 올 때까지 기다려 주었다. 어머니는 처음에는 수진이 자는 줄 알고 손바닥으로 볼을 쓸었고 이마를 짚어 보면서 자꾸 이야기를 했다.

"아이구! 이것아! 연락이라도 하지!"

그랬다가

"애는 낳으면 되는 걸 왜 떼었어?"

했다가

"어서 일어나 엄마랑 집에 가자."

하더니 나중에야 혼수상태로 깨어나지 못하는걸 알더니 입을 딱 다물었다. 그리고 수진은 어머니가 온지 다섯 시간 만에 숨을 쉬지 않았다. 어머니는 수진이 죽을 때 온몸을 빈틈없이 껴안고 침대에 같이 누워 있었는데 의사들도 놔두었다. 그래서 모르는 사람이 보면 모녀가 껴안고 자는 것 같았다. 둘 다 얼굴이 평온했으니까. 옆에 서있는 김기용이 보면 오히려 엄마가 죽은 사람 같았다. 수진의 표정이 더 밝게 보였기 때문이다. 그렇게 세 시간이나 둘이 누워 있었다.

유성이 연고지도 아니었지만 어머니는 수진의 장례를 유성에서 치렀다. 장례식장을 차린 장례가 아니다. 바로 다음날 시신을 화장시켜 유골 상자만 받은 것이다. 모인 사람은 셋. 어머니, 김기용, 그리고 수진의 노랑머리 친구 서유나였다. 어머니는 외할머니한테도 연락하지 않았다. 이번에 돈이 175만 원이나 들었는데 김기용이 알바해서 저금해둔 돈 150만 원이 다 들어갔고 나머지는 어머니가 내었다. 셋이 대전 고속버스 터미널에 들어섰을 때는 오후 5시다. 이틀간이 눈 깜박하는 사이에 지난 것 같았다.

"저 갈게요."

하고 서유나가 말했을 때 어머니의 눈에 초점이 잡혔다.

"어디가?"

"집에요."

머리를 떨군 서유나가 기어 들어가는 소리로 말했지만 다 들린다.

"수진이는 맨날 엄마 이야기만 했어요. 엄마 보고 싶다고. 엄마 불쌍하다고."

어머니는 수진이 유골함을 가슴에 안은 채 눈만 깜박였고 서유나가 말을 잇는다.

"엄마를 위해서는 무슨 일이건 다 하겠다고 했는데."

"잘 가거라."

어머니가 불쑥 말했으므로 서유나는 손등으로 눈을 닦으며 돌아선다. 그러다가 결심한 듯 머리만 이쪽으로 향한 채 말을 잇는다.

"돈 벌어서 엄마 드리려다가 그렇게 되었어요. 나쁜 놈들한테 다 뺏겼지만."

"어서 네 엄마한테 가."

어머니가 목소리를 높였을 때 서유나는 눈을 치켜떴다. 얼굴은 눈물로 범벅이 되어있다.

"전 엄마 없거든요?"

그러자 어머니가 먼저 몸을 돌렸고 김기용이 서유나에게 잘 가라는 손짓을 했다.

어두워진 고속도로를 달리는 고속버스의 반대쪽 유리창에 어머니의 모습이 떠있다. 어머니는 수진이 죽었을 때부터 눈물 한 방울 흘리지 않았다. 죽은 수진이와 함께 누워 있다가 차분한 표정으로 일어나더니 이 사람 저 사람한테 물어서 장

레를 빈틈없이 치렀다. 화장장에서는 화장비를 깎기까지 했
다. 아침은 김밥 한 줄에 김기용이 사온 오뎅 국물을 다 마셨
고 점심은 화장장 식당에서 육개장을 절반 이상 먹었다. 오히
려 김기용이 깨작거리다가 말았다. 어머니는 창밖을 바라본
채 꼼짝하지 않고 있다. 무릎 위에는 보자기에 싼 유골 상자
가 들었는데 선물 상자처럼 보였다. 어머니도 그쪽 유리창으
로 나를 볼지 모른다는 생각이 들었지만 김기용도 그대로 움
직이지 않는다. 고속버스는 맹렬한 속도로 달려가고 있다. 왜
이렇게 빨리 달리는가? 가서 뭘 하려고? 문득 그런 생각이 들
었으므로 김기용은 어깨를 늘어뜨린다. 그러고 보니 자신도
수진이가 죽은 후부터 울지 않았다. 멀쩡했다. 서유나만 내내
울었다. 그때 어머니가 이쪽으로 머리를 돌렸으므로 김기용
은 긴장한다. 지금 어머니가 자신의 뒤통수를 바라보고 있다.
　"이제 다시 세 식구가 모였네."
　어머니가 가라앉은 목소리로 말했다. 마침내 머리를 돌린
김기용의 시선을 어머니가 꽉 잡는다. 차안의 등빛에 반사된
어머니의 눈이 번들거렸다.
　"흩어지지 말자 응?"
　어머니의 시선이 떼어지지 않자 김기용은 심호흡을 한다.
그리고는 퉁명스럽게 물었다.

"수진이는 걍 갖고 있을 거야?"

"그럼."

어머니가 두 손으로 상자를 더 깊게 품으면서 말한다. 당연한 것을 묻느냐는 시늉으로 이맛살까지 조금 찌푸려져 있다.

"들어봐. 수진이도 그렇다고 하네."

"누가 아팠다며?"

사흘 만에 출근했을 때 사장 유은주가 묻는다. 바닥 청소를 하고 있던 김기용이 시선을 내린 채로 대답했다.

"예에."

"이젠 괜찮니?"

"예에."

"왜 이렇게 기운이 없어?"

바짝 다가선 유은주한테서 짙은 향수 냄새가 맡아졌다. 김기용은 힘들여 대걸레를 밀면서 숨을 참는다. 수진한테서 맡았던 피비린내가 떠올랐기 때문이다. 냄새도 떠오른다.

"기운 내요, 기운 내!"

하고 유은주가 어깨를 툭 치면서 지나갔을 때 의자를 내리던 박남철이 다가왔다. 박남철은 언제나 버릇처럼 어깨를 부풀렸다가 내리면서 말한다.

"야, 순미가 너 찾더라."

"예에?"

"그 시발 년이 꼭 나한테만 부탁한단 말이야. 너 전화 꺼놨
다며?"

"예에."

"새끼야 왜 꺼놓고 남 귀찮게 해? 순미한테 전화해봐."

"예에."

"까갑하기는."

하면서 박남철이 물러갔지만 저만하면 친근감을 표시하는
셈이다. 며칠 전에는 덩치가 훨씬 큰 형 하나를 창고 옆에서
직사하게 두들기는 것을 보았으니까. 도대체 순미 누나가 전
혀 다른 품종인 박남철과 어떻게 알게 되었는지, 그리고 어떤
사이인지 김기용에게는 수수께끼다.

"집에 또 무슨 일 있었어?"

순미 누나는 집안 형편을 좀 아는 터라 보다 구체적으로 묻
는다. 오후 8시10분. 이때는 손님이 들어오기 전이라 여유가
조금 있다. 김기용은 화장실 옆 복도에 서서 지금 순미 누나
에게 전화를 한다.

"아냐, 누나."

일단 그렇게는 말했지만 김기용의 가슴이 짜르르 내려앉는다.

"전화까지 꺼놓아서 내가 걱정했잖니? 사흘 동안이나."

순미 누나가 나긋나긋한 목소리로 말한다.

"누나, 지금 편의점에 있어?"

김기용이 묻자 순미 누나는 낮게 웃었다.

"아냐. 나도 사흘 전에 그만 뒀단다."

"……."

"점장하고 왕비가 난리가 났더구먼. 글쎄 나한테 시간당 3천5백 원씩 주겠다더라. 그렇게 일주일만 일해달래."

"……."

"싫다고 했더니 막 욕을 하는 거 있지?"

"……."

"아마 지금도 알바구하지 못하고 있을 거야."

그러더니 생각난 듯 묻는다.

"너, 내일 오전에 시간 있어?"

"응."

김기용은 무조건 대답했다. 없다면 억지로라도 낼 것이다.

밤에 일하는 버릇이 되다 보니까 낮에는 머리가 어질어질

하다. 특히 오전에 그렇다. 은행에 다니는 30대 여자는 사장 유은주의 막내 동생이었다. 가정부인줄 알았더니 그 눈치를 채었는지 본인이 다 말해준 것이다. 이름은 유선주. 청담동에서 꽤 큰 의상실을 했다가 지금은 쉰다고 했다. 유선주가 자다 깬 김기용을 보더니 피식 웃는다. 김기용은 아예 유선주의 차 안에 들어와 자고 있었던 것이다.

"있다가 없으니까 허전했어!"

차를 몰고 저택을 나오면서 유선주가 말한다. 유선주는 차를 거칠게 몬다. 그래서 한손으로 손잡이를 잡아야 한다.

"섹스도 마찬가지야. 하다가 안 하면 미쳐."

그리고는 힐끗 김기용을 본다. 그러고 보니 유선주가 오늘은 화장을 했다. 딴 때는 세수도 안 한 얼굴 같더니 오늘은 루주를 칠했고 속눈썹에다 서클 렌즈까지 끼었다.

"어때? 미스터 김?"

"예에?"

"돈 입금시키고 모텔 갈래? 한 시간이면 충분하겠지?"

그 순간 목에서부터 이마 끝까지 시뻘겋게 상기된 김 기용이 숨도 못 쉰다. 그러자 유선주가 깔깔 웃었다. 차는 노란 신호가 끝나 가는데도 질풍처럼 사거리를 건넜다.

"왜? 하기 싫어?"

“예? 저, 저는.”

“나 괜찮다고. 네 애인보다 거긴 더 나을 거야.”

“……”

“어떤 자세를 좋아하니? 앞? 뒤? 아니면 항문? 난 다 해도
돼.”

“……”

“내가 빨아줄까?”

그때 은행에 도착했으므로 김기용은 소리죽여 숨을 뱉는
다. 대신 유선주는 아쉬운 표정이다. 그래서 괜히 앞을 지나
는 차를 향해 경적을 눌러댔다.

김기용은 유선주가 창구로 다가섰을 때 도망갔다. 유선주는
꼼짝 말고 기다리라고 했지만 미련 없이 몸을 돌렸다. 11시에
순미 누나와 약속이 있는 것이다. 지난번 어머니가 병원에 있
을 때 해온 전화를 끝으로 서윤아와는 끝난 상황이었다.

한 달이 넘도록 서로 연락도 안 했으니까. 순미 누나는 약
속시간 10분전인데도 먼저 와 기다리고 있었다. 상계동 사거
리의 커피숍 안이다. 집이 영등포인 순미 누나는 일부러 김기
용의 집 근처로 약속 장소를 잡은 것이다.

“너 자야 되는 거 아냐?”

앞에 앉은 김기용에게 그렇게 묻더니 순미 누나가 하얗게 웃는다.

"이건 그냥 한 소리야. 조금 미안해서."

"괜찮아."

김기용의 표정도 밝아졌다. 이 세상에서 유일한 희망이며 보람이 바로 앞에 앉아있는 순미 누나다. 사흘 전에 죽은 동생 수진에 대한 상처가 지금 이 순간 지워지고 있는 것에도 죄책감이 일어나지 않을 만큼 귀중하다. 커피를 시킨 순미 누나가 차분해진 표정으로 김기용을 보았다. 눈의 흰 창이 맑다. 그래서 눈동자가 더욱 진해졌다. 서클 렌즈도 끼지 않은 갈색 눈동자.

"있지? 박남철 말이야."

그 순간 김기용은 심장이 철렁 밑으로 내려앉는 느낌을 받는다. 박남철과 순미 누나는 무슨 관계일까? 박남철과 순미 누나가 섹스를 하는 상상도 여러 번 했다. 상상 속에서 순미 누나는 절정에 올라 비명을 질렀었다. 그때 순미 누나가 말한다.

"석 달쯤 만났지만 끝난 사이야. 가끔 연락이나 하고. 그러니까 신경 쓰지마."

시선을 내린 김기용에게 순미 누나가 말을 잇는다.

"걔는 그렇게 보여도 구질구질하지 않아. 너한테 잘해줘?"

"응."

"너하고 내 사이를 묻기에 그냥 동생이라고 했더니 믿지 않는 것 같더라. 그러다가 널 만나고 나서는."

순미 누나가 다시 이를 드러내고 웃는다.

"내 말 믿겠대. 니가 순둥이라 나한테 손 못댔겠다고."

"……."

"빙신! 내가 주면 되는 거지. 손을 대어야 그 일이 되나? 그지?"

놀란 김기용이 머리를 들었다가 반짝이는 순미 누나의 시선을 받고는 황급히 외면했다. 금방 얼굴이 달아올랐으므로 김기용은 어금니를 물었다. 자신이 한없이 한심해졌기 때문이다. 그때 순미 누나가 말을 잇는다.

"너, 알지? 내가 너 좋아하는거!"

머리를 든 김기용이 기를 쓰고 순미 누나의 시선을 받았다. 심장이 폭발할 것 같다. 얼굴이 뜨거워졌다가 순식간에 굳어져서 피부가 판자처럼 느껴진다. 김기용이 입을 열었다.

"나, 나한테 누, 누나는……."

"내가 왜에?"

눈을 가늘게 뜬 순미 누나가 웃음 띤 표정으로 다음 말을 기다리고 있다. 김기용은 어깨를 늘어뜨리며 말한다.

"너, 너무 부담이야. 너무 높아."

"높아?"

"너, 너무 훌륭해."

"훌륭해?"

마침내 순미 누나가 짧게 소리 내어 웃는다. 그러더니 머리를 젖고 말한다.

"아냐, 난 보통 여자란다. 널 좋아하는 보통 여자."

"누나."

마침내 결심한 듯 이를 물고 난 김기용이 똑바로 순미 누나를 본다. 입술 끝이 희미하게 떨리고 있다. 순미 누나의 시선을 받은 김기용이 말을 이었다.

"동, 동정심으로 시, 시작된 사이는 금방 끝나. 내가 많이 겪었어."

말끝이 떨렸으므로 김기용은 주먹으로 제 머리를 치고 싶은 충동을 받는다. 이마로 탁자를 받아 버리고도 싶다. 그 분위기가 김기용의 눈을 부릅뜨게 만들었다. 김기용이순미 누나를 노려보았다.

"난 순미 누나를 놓치기 싫어. 내가 먼저 순미 누나한테 당당하게 프러포즈할거야. 그래야 깨지지 않을 것 같아."

“…….”

“그러려면 내가 잘 되어야해. 순미 누나한테 꿀리지 않을 만큼.”

말하면서도 김기용은 그렇게 될 가능성이 거의 없다는 사실을 느낀다. 그러자 절망감이 덮여왔다. 이윽고 시선을 내린 김기용이 한마디씩 힘들게 말한다.

“내가 얼마나 순미 누나 생각을 해온지 알아? 순미 누나는 내 희망이었어. 내가 살아가는데 필요한 공기 같았어.”

이것은 물론 어떤 책에서 읽은 구절이었지만 경우에 딱 맞았다. 그때 순미 누나가 입을 열었다.

“그래, 그럼 기다릴게.”

그러더니 팔을 뻗쳐 김기용의 손을 잡는다.

“네가 자신 있게 나한테 말할 때까지.”

순미 누나가 김기용의 손을 꼭 쥐었다.

“말만 해도 돼. 뭘 보여줄 필요는 없어. 그럼 다 들어줄게. 지금이라도 모텔 가자면 가줄게.”

물론 김기용은 모텔 가자는 ‘모’자도 입 밖에 못 내고 순미 누나와 헤어졌다. 그러나 가슴은 뭔가로 가득 채워진 것처럼 뻐근했다. 집에 돌아왔을 때는 오후 2시. 그것도 순미 누나가

가서 몇 시간이라도 잠을 자고 일하러 나가라면서 보냈기 때문이지 그렇지 않으면 일하는 시간까지 같이 있었을 것이었다. 어머니는 오늘도 벽에 기대앉아 있었는데 멍한 표정이다.

"밥 먹었어?"

김기용이 묻자 어머니는 머리만 끄덕였다. 그러다 식탁은 깨끗했다. 밥통 뚜껑을 열자 어제 저녁 나가기 전에 본 밥이 그대로 있다.

"내가 차려줄게."

옷도 벗지 않고 냉장고를 열어 밥상을 차리는 김기용을 어머니가 우두커니 보았다. 수진의 유골 박스는 어머니가 방안 옷장에 넣어 두었다. 어제 오후에는 어머니 방에서 이야기하는 소리가 들리기에 놀라 문을 열었더니 어머니가 유골 박스를 향해 말하고 있는 중이었다. 옷장 문을 열어 놓아서 유골 박스가 그대로 드러났다. 김기용은 순간 머리끝이 일어나는 느낌을 받았지만 그냥 문을 닫았다. 저러다 어머니가 미치는 것이 아닐까 잠깐 생각했지만 이상하게도 걱정이 되지는 않았다. 어머니의 표정이 편안하게 보였기 때문일 것이다. 저렇게 미치면 감당할 수 있겠다는 생각도 들었다. 대충 밥상을 차린 김기용이 그때서야 점퍼를 벗어 던지면서 말했다.

"엄마, 밥 먹어."

그러자 어머니가 벽을 짚고 겨우 일어섰다. 어지러운지 그대로 서있기에 김기용이 다가가 어머니의 허리를 안고 식탁으로 데려왔다. 식탁에 앉은 어머니가 수저를 들면서 김기용에게 말했다.

"고맙다."

"뭘."

"방에 들어가 수진이한테 같이 밥 먹자고 그래라."

"그러지."

눈을 치켜뜨고 듣던 김기용이 순순히 두 발짝을 떼어 열려진 방안에 대고 물었다.

"수진아. 엄마하고 같이 밥 안 먹을래?"

그리고는 곧 머리를 돌려 어머니를 본다.

"배부르대. 엄마나 먹으래."

어머니가 머리는 끄덕이더니 밥을 먹기 시작했다. 잘 먹는다. 듬뿍듬뿍 수저로 밥을 떠 넣고 김치도 큰 조각을 입에 먹는다.

"좀 천천히."

이맛살을 찌푸린 김기용이 어머니를 흘겨보았다.

"국도 떠먹고."

어머니가 김치 국이 담긴 그릇을 들더니 세 모금이나 삼켰다. 물 마시는 것 같다.

"어, 짜겠다."

했다가 김기용이 몸을 돌렸다. 갑자기 눈물이 쏟아졌기 때문이다. 수진이가 죽은 후로 처음 쏟아진 눈물이다. 눈물이 그쳐지지 않았으므로 자리를 벗어난다는 것이 바로 옆쪽인 수진이 방으로 들어가게 되었다. 열려진 옷장문 안의 수진이 유골 박스가 김기용을 바라보았다.

"야, 너 때문에 골치 아파 죽겠다."

손바닥으로 얼굴을 닦으면서 김기용이 말했다.

"네가 엄마한테 좀 말해. 정신 차리라고."

그때 등 뒤에서 어머니가 묻는다.

"너, 뭐하니?"

그러더니 뭔가를 입에 넣었는지 우물거리면서 말을 이었다.

"빈방에서 미친 사람처럼 무슨 말을 해?"

아버지의 전화가 왔을 때는 수진이가 죽은 지 한 달쯤 지난 후였다. 그러니까 어머니 장을 파열시킨지 두 달쯤 되었다. 시간이 지날수록 압박감이 가중되었다가 어느 시점에서 슬슬 내려가는 경향이 있다. 그것을 김기용도 겪어보았기 때문에 수시로 자신을 점검했지만 뜻대로 되지 않는다. 뜻대로 되지 않는다는 것까지 경험 해온 터라 더 속이 상하지만 어쩔 수 없다. 지금이 바로 그런 시기였다. 아버지에 대한 경계심이 시간의 영향을 받아 낮춰진 상황. 오후 6시 10분. '그리스'가 길 건너편에 보이는 거리에서 김기용은 전화기를 귀에 붙였다. 그러자 예상했던 대로 아버지의 목소리가 울린다.

"나다."

그러더니 서둘러 말한다.

"너, 전화 끊지 마! 죽어."

걸음을 멈춘 김기용이 길가 가게의 벽에 등을 붙이고 섰다. 아버지의 말이 이어졌다.

"네 엄마 괜찮냐?"

"예."

"수진이는 아직 연락 없어?"

"예."

"넌 지금 뭐해?"

"예?"

했다가 김기용이 심호흡을 했다.

"놀, 놀아요."

"이 새끼, 거짓말 하는 것 좀 봐."

"……."

“네 엄마가 고소장 경찰서에다 냈냐?”

“예.”

했지만 엄마는 진단서만 끊어놓고 안냈다. 외할머니가 신신당부를 하고 갔는데도 그냥 갖고만 있다. 하긴 움직이기도 힘든데다 며칠 후에 수진이가 죽어서 그럴 정신도 없었을 것이다. 그리고 요즘 엄마는 전혀 아버지를 무서워하지 않는 것 같다. 아니, 의식하지 않고 있다는 표현이 맞을 것이다. 전에는 현관문을 딱딱 잠그고 나서 몇 번이나 확인까지 했는데 지금은 안 그런다. 옆집 아줌마가 김치 갖다 주었을 때도 문을 잠그지 않았다.

“으으음.”

신음 같은 탄성을 뱉은 아버지가 다시 입을 열었다.

“너, 돈 있지? 30만 원만 내라. 내가 다시는 이런 부탁 안 할테니까.”

“…….”

“내가 집 근처로 찾아갈테니까 어떻게든 맹글어 와. 오늘밤에 만나자.”

“안돼요.”

“뭐? 안돼?”

하더니 아버지가 잇사이로 말한다.

“이 상놈의 새끼. 집에 있는 TV라도 팔아갖고 돈 맹글어. 이 새끼야.”

“…….”

“못해?”

“안돼요.”

이를 악물었다가 푼 김기용이 앞을 지나면서 찬찬히 쳐다보는 사내를 피하려고 몸을 돌린다.

“그, 그러면 경, 경찰에 신고 할 테니까 알, 알아서 하세요.”

“허, 니까짓게 신고를 해?”

헛웃음을 웃던 아버지가 버럭 소리쳤다.

“이 새끼. 너, 내 손에 죽어봐라. 내가 네 엄마부터 죽이고 그 다음이 네놈이다. 내가 오늘밤 찾아갈 테다. 내가 교도소 가는 걸 무서워 할 것 같으냐? 거긴 내 집이여. 이 노무시키야.”

김기용은 핸드폰 덮개를 덮고 바지 주머니에 넣는다. 얼굴에서 배어난 땀이 식으면서 피부가 서늘해졌다. 소매로 얼굴의 땀을 닦은 김기용이 교차로에 서서 신호가 떨어지기를 기다린다. 차들이 앞으로 휙휙 지나고 있다. 그 순간 앞으로 뛰어 나가고 싶은 충동이 일어났으므로 김기용은 안간힘을 썼다. 그래서 순미 누나를 서둘러 눈앞으로 끄집어낸다.

3장 엄마

"엄마."

전화를 받은 어머니가 소리도 안내고 가만있었으므로 김기용이 먼저 불렀다.

"엄마."

그래도 대답이 없다. 입맛을 다신 김기용이 말을 잇는다.

"그놈이 조금 전에 전화 했어. 그래서 내가 경찰서에다 진단서 넣고 고발 했다고 했거든? 그러니까 연락이 오면 그대로 말해. 바로 신고하겠다고."

"……."

"그리고 112 신고를 하란 말이야. 바로, 옆집 중길이 엄마한테도 연락하고."

"……."

“문 잠갔어?”

“…….”

“엄마!”

김기용이 버럭 소리쳤을 때 어머니가 말했다.

“그놈이 뭐냐? 그놈이.”

그 순간 김기용이 눈을 부릅떴지만 바로 말을 받지는 않는다. 오후 8시. 가게 청소를 끝내고 조금 쉬는 시간이다. 앞으로 20분쯤 지나면 손님들이 쏟아질 것이었다. 창고 벽에 등을 붙이고 선 김기용이 다시 입을 열었다.

“엄마. 정신 차려야 돼. 무슨 말인지 알아? 엄마가 자꾸 그러면 이번에는 내가 죽어줄게.”

“…….”

“내가 어쩌란 말이야? 응? 내가 엄마까지 챙겨 줘야 돼? 난 가슴이 안 아픈지 알아? 나도 가슴이 찢어 진다고. 수진이가 죽기 전에 누워서 날 보던 얼굴이 떠오르면 그냥 딱 죽고 싶다!”

“…….”

“그런데 그 놈은 돈 내놓으라고 협박이나 하고 엄마는 정신을 놓고 오락가락하면 난 어쩌란 말이야?”

“…….”

"수진이 유골 박스에 대고 하루 종일 이야기나 할 테면 해. 내가 죽으면 내 박스도 수진이 옆에다 놓고 떠들라고."

"미안해."

마침내 어머니가 말했다. 목소리가 말짱했기 때문에 김기용은 정신이 번쩍 들었다. 말짱한 것이 오히려 더 이상했다. 어머니가 말을 잇는다.

"미안해. 내가 잘못했어. 문단속 잘할게. 걱정하지마."

이번에는 김기용이 입을 다물었고 어머니가 말을 잇는다.

"그거 아니? 미치니까 참 편해. 수진이하고 이야기도 할 수 있고. 수진이가 내 말에 꼬박꼬박 대답도 한단다. 걱정도 없어. 배도 안고프고, 무섭지도 않아."

"미."

미쳤어. 하려다가 만 김기용이 잠시 떼었다가 말한다. 다시 눈을 부릅뜨고 있다.

"그게 미친 거야? 미치니까 참 편하다고 하는 미친 사람이 어딨어? 미친척하는 거지. 아니? 미치려고 노력하는 거야. 그건 비겁하고 무책임한 짓이라고. 알아?"

"알아."

어머니가 다시 고분고분 말한다.

"내가 잘못했다. 기용아. 너한테만 짐을 지워서."

"알았으면 문 잠갔나 잘 봐."

"잠갔어."

"밥 먹었어?"

"아니?"

"그럼 밥 챙겨 먹어."

그러자 어머니가 생기 띤 목소리로 대답한다.

"알았다. 수진이하고 챙겨 먹을게."

그러나 아버지는 나타나지 않았다. 다음날 퇴근할 때 주위를 살폈지만 보이지 않았다. 가게에 나갈 때 김기용은 특별히 조심을 한다. 편의점에 나갈 때도 그 전에 주유소에 다닐 때도 그랬다. 끊임없이 뒤를 살피고 지하철을 타면 지나갔다가 되돌아오거나 문이 닫히기 직전에 빠져 나오는 방법을 썼는데 영화에서 본대로도 했지만 자신이 개발한 방법도 있다. 예를 들면 레일이 깔린 바닥으로 뛰어내려 건너편 탑승대로 달려가 올라갔다가 5분쯤 지나서 다시 이쪽으로 건너오는 방법이다. 사람들이 보고 미친놈, 또는 병신이 쇼한다고 하겠지만 아버지 미행을 따돌리려면 더한 것도 할 수 있었다. 죽는 것이 조금도 무섭지가 않은 터라 다치는 것쯤은 일도 아니었다. 그렇게 또 열흘이 지나갔다. 어머니는 그대로였지만 달라진 점은 있다. 김기용의 눈치를 살피는 점이다. 김기용이 보는 앞에서는 온전하게 밥도 먹고 이야기를 하다가도 눈에 띄지 않으면 달라지는 것이다. 수진하고 이야기하는 버릇은 오히려 더 늘어난 것 같았다. 어머니는 장 파열이 된 후에 수진이 찾으려고 유성을 다녀온 후부터는 바깥출입을 거의 하지 않는다. 김기용하고 병원에 가서 검사를 한 결과 상태가 좋아지는 중이라고 의사가 말해 주기는 했다. 그러나 다른 때 같으면 기를 쓰고 일자리를 찾아볼 어머니였는데 이것도 달라진 점의 하나였다. 그런데 아버지의 전화가 온지 열하루 째가 되는 날 오전. 집이 보이는 공사장 앞에서 김기용이 아버지를 만난다. 김동균은 공사장 폐자재 더미 뒤에서 출현했는데 노숙자 행색이었다. 얼굴에는 땟물이 덮였고 수염이 덮여져서 48세의 나이인데도 50대 후반쯤으로 보였다. 눈을 치켜뜬 김동균이 김기용을 가로막고 섰다.

"너, 이 새끼!"

첫마디가 욕이다. 시선을 내린 김기용의 앞에 바짝 다가선 김동균이 잇사이로 묻는다.

"애비 말이 말 같지가 않냐? 이 개새끼야. 뭐? 경찰에 신고를 해?"

다음 순간 김기용은 뺨에서 불이 번쩍 일어나는 충격을 받는다. 김동균이 귀뺨을 친 것이다. 머리가 반대쪽으로 돌아갈 만큼 격렬한 충격이었지만 김기용은 그 자리에 가만있었다. 지나던 행인들이 힐끗거렸지만 말리지 않는다. 누가 나서면 내 아들이라고 소리소리 지를 것이고 그때는 경찰도 간섭 못한다.

"이 새끼, 일루 와!"

하고 김동균이 김기용의 멱살을 잡고 폐자재가 쌓인 뒤쪽으로 끌고 갔다. 미리 장소를 봐둔 것 같다. 뒤쪽에는 담장과의 사이에 차 한 대가 들어갈 만한 공간이 있었는데 김동균이 담장 벽에 김기용을 붙여 세웠다. 김동균한테서 지독한 악취가 풍겨 나왔다. 술 냄새에다 쓰레기를 섞은 것 같다.

"너, 이 새끼. 돈 내!"

하고 김동균이 멱살을 쥔 채 한쪽 손을 내민다. 다른 손으로 주머니를 뒤지면 중심이 흔들릴 것이고 그러면 도망치기 쉬울 테니까 그러는 것이다.

"없어요."

김기용이 숨을 참으며 말했을 때 김동균은 다시 귀뺨을 쳤다. 귀가 얼얼했고 볼이 화끈거린다.

"너, 뒤져서 나오면 쥑일 거여."

김동균이 잇사이로 말했을 때였다.

"여보서?, 거기 뭐여?"

하고 옆쪽에서 묻는 소리가 들렸다. 헬멧을 쓴 인부 둘이 다가오고 있다.

"여기서 멀 하는거?"

하고 다른 사내가 물었을 때 김기용이 소리쳤다.

"아저씨. 경찰에 신고해주세요! 이 사람 강도예요!"

"뭐! 이 상놈의 새끼. 난 네 애비다!"

김동균이 악을 썼지만 김기용은 멱살을 잡힌 손을 비틀어 풀고 다시 소리친다.

"아녜요! 경찰 불러주세요! 이 사람 강도예요! 지금 수배중인 사람이라고요!"

"어, 그래?"

하고 인부 하나가 주머니에서 핸드폰을 꺼내 쥐었다.

"아냐! 난 이놈 애비야!"

눈을 치켜뜬 김동균이 악을 썼다가 갑자기 몸을 날렸다. 두 사내를 밀친 김동균이 사지를 휘저으면 달려간다. 빠르다. 금방 담장을 돌아 사라졌다.

임대아파트 뒤쪽은 잡초가 무성한 공터였고 아래쪽에 단독주택이 서너 채 있다. 지붕에 슬레이트를 덮은 판잣집 수준이었는데 곧 철거가 될 것이라고 했다. 오전 12시 반. 한낮이었지만 공터는 개 한 마리 보이지 않았으며 김기용이 등을 붙이고 앉은 뒤쪽 아파트도 조용하다. 아버지가 도망친 후에 김기용은 아파트로 들어가지 않고 뒤쪽으로 온 것이다. 무릎을 세운 위에 두 팔을 얹고 그 위에 턱을 받친 김기용이 우두커니 앉아있다. 아버지가 이곳까지는 오지 못할 것이다. 5년 전 이혼하기 전에도 집안은 풍파가 그치지 않았다. 김기용이 어렸을 때 기억에도 어머니 아버지가 웃거나 다정한 사이였던 적은 단 한 번도 없다. 부수고 소리치고 울고 맞은 기억. 술에 취한 아버지가 닥치는 대로 부수고 때리면 김기용과 동생 수진은 도망갔다. 조용했을 때는 아버지가 잘 때뿐이었던 것 같다. 이혼하기 전에, 김기용이 중학 2학년이었을 때 어머니한테 물은 적이 있다.

"엄마, 왜 아버지하고 결혼했어?"

그러자 어머니가 놀란 듯 눈을 크게 떴던 것을 지금도 김기용은 기억하고 있다. 어머니는 착했고 연약했지만 끈질겼다. 맞고 또 맞아도 그 다음날 어김없이 두 자식 밥 챙겨 먹이는 것이 그 증거였다. 그것이 어린 김기용에게는 강하게 보였던 것이다. 그리고 그 다음에 김기용은 어머니가 아버지하고 결혼한 이유를 할머니한테서 들었다.

“다 네놈 때문여.”

할머니가 김기용한테 눈을 흘기면서 말했다. 놀라 가슴이 벌렁벌렁 뛰는 김기용을 향해 할머니가 말을 이었다.

“저 놈이 니 엄니하고 같은 회사를 댕겼는디 니 엄니를 겁탈한 기여. 그리서 너를 밴 것이라고.”

아아. 엄마하고 아버지가 같은 회사를 다녔구나. 특히 아버지가 회사를 다녔다는 말에 김기용은 감동했다. 그때 김동균은 일당 노동자로 벽지 바르는 일을 했는데 한 달에 열흘쯤은 일을 나갔다. 할머니가 말을 이었다.

“너를 배었는디 어쩌겠냐? 니가 뱃속에서 다섯 달쯤 자랐을 때 결혼을 혔다. 그때만 혀도 저놈이 저렇게 흉악한 놈인지는 아무도 몰랐지.”

그때도 어머니가 두들겨 맞아 병원에서 치료 받다가 퇴원한 때였는데 대낮인데도 술에 취한 아버지는 안방에서 자고 있었다. 할머니가 방바닥을 무너뜨릴 것처럼 한숨을 쉬었다.

“오냐, 내가 죽기 전에 끝낼 테다.”

그러더니 얼마 안가서 할머니가 상해 진단서를 떼어들고 둘을 이혼시킨 것이다. 그리고 이혼한 후의 어느 날 김기용은 이제 어머니한테 물었다. 그때는 집안에 둘 뿐이었을 때다.

“엄마는 행복한 적 있었어?”

　그때 김기용은 고2때인 것 같았다. 아버지가 다시 나타나기 전, 이혼한 후의 3년간이 세 식구에게 가장 평온한 시기였으니까. 그때 어머니는 놀란 듯 눈을 크게 떴다. 김기용이 뭘 묻는지 아는 것이다. 김기용의 시선을 받은 어머니가 머리를 끄덕였다.

　"그럼."

　"그게 언젠데?"

　와락 긴장한 김기용이 묻자 어머니가 외면하고 말했다.

　"니가 어렸을 때."

　"갓난애였을 때야?"

　"그때도 그렇고."

　"내가 몇 살 때까지?"

　"사 오년간."

　"도대체 그 인간이 왜 그렇게 미친놈이 된 건데?"

　어머니 앞에서는 할 말을 대충 해온 김기용이 물었을 때 어머니가 시선을 돌렸다. 김기용이 다그쳤다.

　"말해, 엄마. 이젠 다 끝났잖아? 나도 이유나 알자."

　그때 어머니가 외면한 채 말했다.

　"일이 안 풀려서 그랬을 거야."

　말도 안 된다고 김기용이 쏘아붙였지만 어머니는 다른 이

유는 대지 않았다. 일이 안 풀리니까 짜증이 나고 그래서 술
을 마시다가 중독이 되더니 결국 그렇게 미친놈이 되었다는
것이다.

　김기용은 잠에서 깨어났다. 무슨 소리인가를 들었기 때문
이다. 꿈속에서 들은 것 같았지만 눈을 떴을 때도 들렸다. 숨
을 죽인 김기용은 그것이 옆방에서 나는 소리라는 것을 알았
다. 벽시계가 오후 두시 반을 가리키고 있다. 침대에서 일어
난 김기용이 방문을 소리죽여 열고 밖으로 나온다. 옆방 문
앞에 서자 이제는 어머니의 목소리가 분명하게 들렸다.
　"아니, 야, 그 옷은 내가 입으려고 한 거야. 넌 다른 거 입어."
　그때 다른 목소리가 들렸으므로 김기용은 질색을 했다.
　"싫어. 이건 내가 입을 거야. 이리 내."
　"놔. 내거야."
　이번에는 어머니 목소리.
　"엄마, 정말 이럴 거야?"
　그 순간 머리끝이 곤두선 김기용이 눈을 부릅떴다. 엄마라
니. 수진이가 방에 있단 말인가? 그때 수진의 목소리가 이어
진다.
　"엄마는 내가 이 옷을 얼마나 입고 싶었는지 알아? 난 나가

있을 때도 이 옷 생각만 했단 말야.”

숨을 죽이고 있던 김기용은 이윽고 그것이 어머니 목소리라는 것을 알았다. 어머니가 지금 일인이역을 하고 있다. 어금니를 문 김기용이 문손잡이를 움켜쥐었다가 손을 떼었다. 그때 다시 어머니가 어머니 목소리로 말한다.

“그래, 알았다. 입어라. 내 새끼야. 난 너하고 네 오빠만 있으면 된단다.”

오후 5시. 오늘은 말끔하게 머리를 뒤로 묶은 어머니가 밥상을 차려 놓았다. 두 시간 전에 방에서 일인이역을 하던 어머니의 분위기는 조금도 보이지 않는다. 김기용은 다시 방으로 돌아가자고 나온 것이다.

“오늘은 김치찌개 끓였어.”

어머니가 금방 한 밥을 식탁에 놓으면서 말한다.

“나도 다음 주부터는 일 나갈란다.”

놀란 김기용이 시선을 들었다가 곧 내린다. 너무 놀랍고 기뻐서 말을 하면 깨뜨려질 것 같았기 때문이다. 어머니가 김치찌개 냄비를 들고 와 내려놓는다.

“네가 그동안 고생했어. 고맙다.”

“괜찮아?”

겨우 그렇게 물은 김기용이 앞쪽에 앉은 어머니를 보았다. 불안해서 눈동자가 흔들렸다. 어머니가 웃었다.

"그럼. 괜찮으니까 일 나간다고 하지."

환해진 어머니의 얼굴을 본 김기용의 가슴이 미어졌다. 얼마나 오랜만에 본 엄마의 웃음인가? 마지막으로 본 것이 언제인지 기억도 안 난다. 어깨를 늘어뜨린 김기용이 어머니를 똑바로 보았다.

"엄마, 그럼."

어머니의 시선을 받은 김기용이 심호흡을 하고나서 말을 잇는다.

"엄마, 그럼 수진이 이제 놓아주자."

그 순간 어머니가 눈을 치켜떴다. 놀란 것 같기도 했고 무슨 말인지 모르겠다는 표정 같기도 했다. 김기용이 기를 쓰고 어머니의 시선을 잡는다.

"납골당이 있어. 내가 알아보았더니 넣을 수 있대. 돈도 얼마 안 들어. 내가 준비 해놓았거든. 그러니까……."

"안돼."

어머니가 정색하고 말한 순간 김기용은 등에 찬바람이 훑고 지나는 느낌을 받는다. 어머니가 말을 이었다.

"도대체 무슨 소리를 하는지 모르겠구나. 수진이를 어디에 넣는다고?”

김기용은 어머니의 눈동자가 멀어진 것을 보았다. 초점이 더 길어진 것이다. 어머니의 시선은 지금 자신의 눈을 뚫고 지나가 뒤쪽의 벽으로 향해져 있다.

“오늘도 걔가 내 옷을 입고 나갔다 왔는데 얼마나 예뻤는지 아니?”

“…….”

“너도 한번 볼래? 지금 자고 있는데 깨울까?”

“아니, 됐어, 엄마.”

“아까 오빠한테도 보여주고 싶다고 했는데, 이따 일어나면 너도 함 봐.”

“알았어.”

“어서 밥 먹어.”

자리에서 일어선 어머니가 벽시계를 보면서 말했다.

“너 회사 나가면 우린 나중에 먹을게.”

지난번 아버지를 만난 폐자재 쌓인 곳을 지나면서도 오늘은 덤덤했다. 마치 머리의 감정이 있는 부분을 뭐로 세게 얻어맞은 것 같다. 머리가 무겁고 멍한 느낌이 든다. 머리를 숙인 김기용이 터벅터벅 길을 걷는다. 주위가 공사판이라 길에

자갈과 나무토막까지 떨어져 있어서 어수선했다. 오후 5시 40분. 기분이 꾸리꾸리 할 때는 항상 순미 누나를 떠올렸지만 오늘은 끄집어낼 기력도 없다. 언제 용기를 내어 순미 누나를 불러볼 것인가? 시간이 지날수록 그 가능성이 점점 떨어져 가는 것 같다. 주위 여건이 그렇고 자신도 노력하지 않았다. 뭔가를 해야겠다고 마음만 먹었을 뿐 구체적인 계획이 없다. 계획을 세울 기력도 일어나지 않았다. 지하도 계단을 내려가면서 김기용은 문득 그냥 죽어 버린다면 편해질 것이라는 생각을 한다. 왜 이렇게 살아야 한단 말인가? 아무것도 보이지 않는데 어떻게, 무엇을 일으킨단 말인가? 아, 부질없다. 머리를 젓던 김기용이 이제는 어머니처럼 미쳐 버렸으면 좋겠다고 생각한다. 그렇지, 필요한때 미치는 것이다. 아주 괴로울 때만, 도망가고 싶을 때, 또는 아플 때, 역시 어머니는 나이든 만큼 현명하다는 생각도 들었다. 지금도 어머니는 수진이하고 이야기를 하고 있을까? 이제는 둘이서 마음 놓고.

카페에시 일하다보먼 별별 인간을 다 만난다. 택시 운전사가 겪는 갖가지 군상보다 더 적나라한 모습을 보게 되는 것이다. 오늘도 그렇다. 룸 손님은 고급 카페인 '그리스'에서도

VIP만 들어가는 곳인데 항상 7개 방이 가득 찬다. 바깥 경기가 전 세계적인 불황이라는데 최소매상액 2백인 방이 매일 꽉 차는 것이다. 6호실 손님은 남자 셋에 홀에서 불러들인 여자 셋. 마침 웨이터 박남철이 당번이었고 김기용이 보조로 배정된 상태였다.

"야, 여자 하나가 꼬장 부린다. 누가 밖에서 찾는다면서 데리고 나와."

방에서 나온 박남철이 김기용에게 지시했다. 거짓말을 해서 데리고 나오라는 말이다. 누구 말이라고 거역하겠는가? 방으로 들어선 김기용은 여자 셋 중 하나가 술에 취한 채 떠들고 있는 것을 보았다. 나머지 남자 셋과 여자 둘은 모두 난감한 표정. 김기용이 여자에게 다가가 선다. 쇼트 커트한 머리, 동그란 얼굴에 이목구비가 뚜렷하다.

"잘난 체하지 말라고. 이까짓 술은 내가 살테니까 말이야. 도대체 뭐야?"

소리치던 여자가 다가선 김기용을 보더니 눈을 크게 떴다. 스물 두엇 되었을까? 귀걸이가 흔들리면서 반짝인다.

"뭐야?"

"밖에서 손님을 찾으십니다."

"누가?"

"모릅니다. 다만 동그란 얼굴에 쇼트 커트한 머리, 검정색 스커트를 입은 여자 분을 찾으십니다."

"글쎄 누구냐고?"

"남자분이십니다."

여기까지가 김기용의 한계다. 벌써 숨이 가빠졌고 눈앞이 어질어질 한다. 여섯 쌍의 시선을 받고 그중 한 쌍은 암 표범처럼 발톱을 세우고 있다. 그때 여자가 자리에서 일어섰으므로 김기용은 나가려는 줄 알았다. 그때였다. 김기용은 뺨에서 불꽃이 번쩍 튀는 느낌을 받는다. 머리가 옆쪽으로 돌아갔고 뺨이 얼얼해졌다. 여자한테서 뺨을 맞은 것이다.

"어어."

하는 외침은 남자들한테서 일어났다.

"저거 왜 저래?"

남자 하나가 소리쳤다. 그때 여자가 다시 손을 휘둘렀지만 김기용이 머리를 틀었기 때문에 빗나갔다.

"어머, 피가 나."

하고 여자 하나가 소리친 순간 김기용은 어금니를 물었다. 부끄러웠기 때문이다. 손바닥으로 코를 막은 김기용이 몸을 돌렸을 때 여자 하나가 휴지를 들고 일어섰다.

"아, 지 씨발 년."

남자 하나가 소리쳤고 휴지를 받아든 김기용은 쇼트 커트 머리가 방을 나가는 뒷모습을 보았다. 코피 덕분이다. 목적을 이뤘다는 안도감에 비하면 코피쯤은 아무것도 아니다. 방에 남은 일행에게 머리를 숙여 보인 김기용이 몸을 돌렸을 때 사내 하나가 불렀다. 그러더니 지갑에서 10만 원권 수표 세 장을 꺼내 내미는 것이었다. 질색을 한 김기용이 한걸음 물러서기까지 했지만 이번에는 나머지 두 사내도 10만 원권 두 장씩을 꺼내 내밀었다. 그러더니 정색하고 받으라는 것이었다. 사내 하나는 웨이터에게 말하지 말고 너만 가지라는 충고까지 해 주었다. 셋 다 김기용 또래였는데 노련했다. 김기용은 코피 한번에 70만 원 팁을 챙겨 넣고 방을 나왔다. 그러나 그들의 충고를 따르지는 않았다.

화장실에서 씻고 나온 김기용이 박 철을 불러 코피 값을 받은 사연을 이야기하고 70만 원을 내밀었다. 그러자 박남철이 어두운 복도에서 흰 이를 드러내며 웃는다.

"너, 이 자식! 사람 감동 먹이네!"

그러더니 수표 7장에서 1장만 빼더니 6장을 김기용의 주머니에 쑤셔 넣었다.

"네 성의를 봐서 이놈만 먹는다."

박남철이 손바닥으로 김기용의 어깨를 쳤는데 살짝 치는 것 같았어도 아팠다.

"순미하고 잘 되냐?"

놀란 김기용이 눈만 크게 떴을 때 박남철은 몸을 돌린다.

유선주는 그날 김기용이 도망간 후부터 다시 예전으로 돌아갔다. 세수도 안 한 얼굴, 부수수한 머리, 구겨진 치마에다 맨발에 슬리퍼 차림이다. 김기용한테 꼭 필요한 말 외에는 하지 않았고 어떤 날은 한마디도 안 했다. 그것이 오히려 김기용한테는 더 나았으므로 오늘도 입을 꾹 다문 채 반대쪽 창밖을 보면서 은행까지 갔다. 창구로 다가가는 유선주의 뒷모습을 보던 김기용이 문득 어머니를 떠올렸다. 일 나가겠다는 어머니는 한 말을 잊었는지 또는 일거리가 없기 때문인지 일주일이 지나도록 집에만 있다. 물론 오전에는 집안 청소를 하고 아파트 아래쪽의 길가에 모여 앉은 행상한테서 채소도 사온다. 정신이 맑은 것 같다. 오후에 김기용이 출근할 때 꼭 밥도 챙겨주지만 그때는 눈동자가 흐리고 초점도 없다. 김기용이 일하다가 걱정이 되어서 어머니한테 전화를 해보면 안 받는 때가 절반은 되었다. 나중에 물어보면 잤다고 해서 그런 줄 알았지만 수진이하고 이야기하는 현장을 본 후부터는 불안해졌다. 은행 앞에서 유선주와 헤어진 김기용이 찾아간 곳은 꽤 큰 신경정신과의원이었다. 5층 빌딩 전체를 차지한 병원에서 오래 기다린 후에 담당 의사를 만났을 때 대머리의 중년 의사가 물끄러미 김기용을 보았다.

"상담하러 오셨다고?"

차트에서 시선을 뗀 의사가 묻는다.

"예에. 제 어머니."

긴장한 김기용이 의사를 본다. 의사가 계속 하라는 듯 시선만 보내고 있었으므로 김기용이 말을 이었다.

"어머니가 좀 이상한데요."

눈만 껌벅이는 의사에게 김기용은 수진이 죽었을 때부터 더듬더듬, 그러나 빠뜨린 것 없이 의사에게 말해 주었다. 어머니가 수진의 유골 박스에다 대고 무슨 말을 한 것까지도 다 말했다. 일 때문에 저녁부터 다음날 오전까지 집을 비우는데 불안해서 일이 제대로 안된다고도 했다. 그러나 아버지 이야기는 뺐다. 하나도 하지 않았다. 이야기를 마쳤을 때 의사가 말했다.

"심각한데, 모셔올 수 있지요?"

"예에."

김기용은 입원하라면 입원시킬 작정이었다. 입원비가 얼마

나올지는 모르지만 석 달 동안 모은 돈이 5백만 원이 조금 넘
는다. 생활비를 제외하고도 그렇다.

"될 수 있는 한 빨리 모셔오세요."

의사가 정색하고 말했으므로 김기용은 머리를 끄덕였다.

"예에, 선생님."

"병원에?"

어머니가 놀란 듯 눈을 크게 뜨고 묻는다. 집에만 있어서
어머니의 얼굴은 하얘졌다. 아직 오전이라 눈동자도 또렷하
게 초점이 잡혀있다.

"응. 엄마 이야기를 했더니 의사가 모시고 오래."

긴장한 김기용이 한마디씩 천천히 말했을 때 어머니가 묻
는다.

"정신병원이겠지?"

"응? 응!"

마침내 김기용이 시선을 내렸을 때 어머니가 혼잣소리처럼
말했다.

"내가 좀 이상했던 모양이구나."

"아냐. 엄마."

"나도 알아."

어머니가 외면한 채 말을 잇는다.

"내가 좀 그래."

아직 오전 11시 반이다. 이제 김기용이 옆방으로 자러 들어가면 어머니는 다시 수진이하고 둘이 있게 될 것이었다.

그날 오후, 어머니가 더 정신이 흐려지기 전에 김기용은 일찍 일어나 서둘렀다. 저녁밥도 4시가 조금 넘었을 때 먹고는 종이에 사인펜으로 적은 메모를 어머니에게 내밀었다.

"난 내일 오전에 좀 일찍 올 테니까 엄마도 준비하고 있어."

메모에는 굵게 '병원 11시 출발'이라고 적혀져 있다.

"이거 여기다 놓고 갈 테니까 내일 아침에 보면 준비해."

"알았다."

식탁에 앉은 어머니가 메모를 바라보며 웃는다.

"수진이도 데리고 가야겠다."

"좋을 대로 해."

아침이면 무슨 말을 했는지 잊어먹었을 것이므로 김기용이 머리를 끄덕였다.

"문단속 잘해, 엄마."

"걱정 마."

"수진이하고 오래 이야기 하지 말고."

“걔도 공부한다고 나하고 잘 안 놀아.”

“그래?”

식탁에서 일어난 김기용이 찬찬히 어머니를 보았다. 어머니가 시선을 받았지만 초점이 길었고 표정은 가라앉았다.

“기용아, 미안해.”

“뭐가?”

“너 고생시켜서.”

“엄마, 정신이 들었어?”

“그럼. 나 안 미쳤어.”

“나, 갈게.”

몸을 돌린 김기용의 뒤를 어머니가 따르더니 현관에서 팔을 잡았다. 김기용은 어머니의 두 눈이 번들거리고 있는 것을 보았다.

“기용아.”

“왜?”

“우리 걱정 마.”

“걱정 안 해.”

그러자 어머니가 김기용의 한쪽 팔을 당겨 가슴에다 품었다가 놓는다. 그리고는 활짝, 소리 없이 웃었다.

“우리가 널 지켜 줄 테니까.”

지난번 70만 원 팁 사건 이후로 박남철은 김기용을 싸고돌았다. 보조는 돌아가며 웨이터 시중을 들게 되어 있었지만 박남철은 아예 김기용을 지명 보조로 삼았다. 박남철보다 선배 웨이터가 많았어도 막무가내였다. 꼬장을 부리면 아주 개차반인데다 신촌의 주먹들하고 안면이 있기 때문이다. 그래서 사장 유은주도 은근히 박남철을 봐주는 편이였다. 오전 3시. 이때는 홀이나 방에서 농도가 짙은 장면이 일어난다. 어지간히 취한 상황이고 지쳤기도 하다. 그러나 가장 클라이맥스다. 이때를 전후에서 작업을 끝내야만 하는 것이다. 선수들은 대개 12시에서 1시 사이에 빠져 나가고 쭉정이만 남았다. 그러나 쭉정이간의 경쟁은 치열했다. 싸움도 이 시간대에 많이 일어난다. 죽기 살기로 차지하려는 것이다. 여자들끼리의 싸움도 남자 뺨친다. 김기용은 지금 3호실 문앞을 지키고 서있다. 물론 박남철이 시켰기 때문이다. 지금 방 안에서는 두 쌍의 남녀가 그 짓을 하고 있는 것이다. 조금 전에 김기용은 텍스 두 개를 가져다주었다. 문에 등을 붙이고 선 김기용의 앞으로 여자 둘이 다가왔다. 1호실에서 나온 여자들이다. 약을 먹었는지 머리가 흔들거렸고 눈이 충혈되었지만 몸에는 활기가 넘쳐흐른다.

"아유! 재수 없어!"

여자 하나가 그렇게 말했지만 얼굴에는 웃음이 번져있었다.

"난 오늘 세탕째야."

그렇게 말한 여자의 시선이 이쪽으로 옮겨져 왔으므로 김기용은 황급히 외면한다. 여자들이 키득거리며 앞을 지났다. 그때 주머니에 넣어둔 휴대폰이 진동을 했다. 꺼내본 김기용이 주위를 둘러보고는 귀에 붙였다. 순미 누나였다. 오전 4시 넘어서 한숨 돌릴 때 순미 누나는 가끔 전화를 해준다. 아마 그 시간대가 전화하기 적당하다고 박남철이 알려 주었을 것이다. 그런데 오늘은 좀 빠르다.

"응, 누나."

김기용이 말했을 때 순미 누나가 묻는다.

"너, 바빠?"

"아니, 지금 쉬는 중야."

섹스 하는데 문 지키고 있다고 말하면 웃을까? 그때 순미 누나가 낮게 말한다.

"나, 조금 전에 네 꿈꿨어."

숨을 죽인 김기용의 귀에 순미 누나의 목소리가 이어졌다.

"무슨 꿈인지 알아?"

"……."

"너하고 섹스 하는 꿈."

김기용이 입안에 고인 침을 삼킨다. 나는 누나 생각을 하면서 자위를 한다고 말해주고 싶다. 그때 순미 누나가 묻는다.

"너, 언제 나 데리고 갈 거야?"

"누나, 근데."

"다 갖추지 않아도 돼."

순미 누나의 목소리가 온몸에 감기는 느낌이 들었으므로 김기용은 잠깐 눈을 감았다가 떴다. 이제는 수화기를 통해 뜨거운 열기가 품어 나오는 거 같다.

"너한테 안기고 싶어."

김기용은 심호흡을 했다. 오늘 엄마 병원에 데려갔다가 나온 후에 만날 수 있을 것이다. 잠을 안자면 어때?

오늘은 유은주하고 저택까지만 동행을 하고나서 김기용은 집으로 돌아온다. 그래도 아파트가 보이는 길목에 섰을 때는 오전 10시가 되어가고 있었다. 날씨는 화창했고 하늘은 푸르다. 5월 초여서 공사장의 파헤쳐진 땅에서 진한 흙냄새가 맡아졌다. 아파트 현관으로 들어서는데 아래층 윤철이 어머니를 만난다. 윤철 엄마도 아버지의 소동 때문에 알게 된 사이로 성격이 괄괄해서 어머니가 많이 의지했다. 아버지가 쳐들어 왔을 때 도움을 줄 수 있는 이웃이다.

“수진이 아직 연락 없어?”

손에 시장바구니를 든 윤철 어머니가 떠들썩한 목소리로 묻는다. 수진이가 죽었다는 사실은 아무도 모르는 것이다.

“예에.”

시선을 내린 채 김기용이 대답하자 윤철 어머니가 커다랗게 한숨을 뱉는다.

“어이구, 그 가시내가 별일 없어야 할텐데.”

그러더니 마악 옆을 지나는 김기용에게 묻는다.

“엄마는 요즘 일 나가서? 통 뵈지가 않네.”

“예에? 예.”

건성으로 대답한 김기용이 계단을 달려 올라간다. 3층까지 단숨에 뛰어오른 김기용은 숨을 고르면서 집 앞으로 다가가 열쇠를 꽂아 문을 열었다.

“엄마, 나 왔어.”

현관으로 들어선 김기용이 어머니를 부른다. 어머니가 보이지 않았으므로 김기용은 수진이 방을 열었다.

“엄마, 뭐해?”

어머니는 창가에 서 있었다. 등에 포대기로 뭔가를 업었는데 각이 졌다. 김기용은 곧 그것이 수진이의 유골 박스인 것을 알았다. 어머니는 수진이를 업었다.

“엄마, 가자.”

한걸음 다가섰던 김기용이 멈칫 멈춰 섰다. 어머니의 발이 방바닥에서 조금 떠 있는 것이다. 그러고 보니 어머니 키가 커 보였다. 눈을 치켜뜬 김기용이 어머니의 머리 쪽을 보았다. 등을 보이고 선 어머니의 머리 위쪽에 푸른색 나일론 빨래들이 뻗어있다. 그 끝이 창틀 위로 매어져 있다.

“엄마.”

어머니에게 다가선 김기용이 어깨를 잡았다. 그러자 어머니가 흔들린다. 업고 있던 수진이도 흔들렸다.

“엄마.”

다시 부른 김기용이 어머니의 얼굴을 보았다. 어머니는 눈을 감고 있었는데 평온한 얼굴이다.

“엄마, 죽었어?”

물었지만 어머니는 조금 흔들리기만 했다. 김기용은 어머니를 옆에서 부등켜안았다. 그러자 어머니의 머리가 어깨위에 얹혀졌다. 수진이까지 함께 안았지만 둘은 가벼웠다.

“엄마, 왜 그랬어?”

안은 채 흔들며 물었지만 어머니는 대답하지 않았다.

어머니를 방에 눕힌 김기용이 옆에 수진의 유골 박스를 놓는다. 그리고는 박스가 어머니 몸에서 약간 떼어진 것을 보고는 딱 붙였다. 그러더니 어머니의 손을 벌려 아예 팔 안에다 박스를 놓았다. 안심한 표정이 된 김기용이 자리에서 일어서다가 박스를 쌌던 보자기 안에서 접혀진 종이를 발견한다. 다시 자리에 앉은 김기용이 종이를 편다. 어머니의 편지다.

"기용아, 미안해. 정신 날 때 수진이 데리고 갈게. 미안해. 정말, 미안해. 내 아들아, 나까지 널 고생시킬 수 없어. 잘 살아라 응? 엄마가."

다 읽고 난 김기용이 편지를 접어 가슴 주머니에 넣었다. 그리고는 어머니 옆에 딱 붙어서 누워버렸다.

"엄마."

마치 어머니가 살아 있는 것처럼 김기용이 부른다.

"우리 셋이 행복한 때가 있었어?"

그리고는 제 말에 제가 대답했다.

"없었지? 그럼 지금은 언제?"

김기용이 천장을 향한 채 말을 잇는다.

"난 지금이 제일 편안해, 엄마."

4장 순미 누나

옆집 중길 엄마한테 말했더니 울며불며 경찰에 신고를 해주었고 아래층에서 뛰어 올라온 윤철 엄마는 방바닥을 치면서 울었다. 불쌍하다는 것이다. 죽은 엄마도 불쌍하고 살아남은 기용이도 불쌍하다며 울었다. 김기용이 우두커니 방구석에 앉아있는 사이에 옆집 아줌마들이 나서서 다 처리를 해주었다. 가게에 연락을 안 할 수가 없어서 박남철한테 전화를 했더니 한 시간도 안 되었을 때 후배 대여섯 명을 데리고 왔다. 모두 검정색 양복에 넥타이까지 매어서 조폭단 같았다. 그리고 오후 5시가 되었을 때는 순미 누나도 왔다. 시선이 마주쳤을 때 눈을 크게 뜬 순미 누나의 눈동자 속으로 온몸이 빠져 드는 것 같은 느낌이 들었다. 안방에 어머니 시신을 모셔두고 아파트 마당에다 장례용 천막을 치고 손님을 받았는데 오후 10시가 되었을 때는 천막 두 개에 손님이 꽉 찼다. '그리스'의 유은주 사장도 다녀갔고 특히 박남철의 친구, 후배들이 수십 명이나 되었다. 임대주택 주민은 대부분 못살고 노인네가 많다. 천막 하나에는 아파트 안 노인들이 가득 모여 있었는데 떠들썩했다. 박남철이 바깥일은 다 맡았고 안살림은 순미 누나가 아줌마들하고 손을 맞춰 능숙하게 처리해서 김기용은 어머니 옆에 앉아있기만 하면 되었다. 다음날 오전 김기용은 어머니를 화장장에서 태워 유골을 받았다. 이틀장인 셈이었는데 화장 절차는 김기용이 경험이 있었던 터라 금방 처리했다. 그래서 오후 3시경이 되었을 때 김기용은 유골 박스를 가방에 넣고 아파트로 돌아왔다. 박남철과 일행들은 화장장에서 헤어졌으므로 이젠 혼자가 되었다. 아파트 마당에 쳐놓았던 천막도 깨끗하게 치워졌고 모든 것이 이틀 전으로 돌아가 멀쩡했다. 계단을 올라 열쇠로 문을 연 김기용이 현관으로 들어서자 방에서 순미 누나가 나왔다.

"조금 전까지 아줌마들하고 같이 있었어."

순미 누나도 잠을 못자 눈이 빨갛다. 그러나 집안은 깨끗하게 치워져 있다. 등에 맨 가방을 내려놓은 김기용이순미 누나를 보았다.

"누나, 고마워."

김기용이 말하자 순미 누나는 왈칵 눈물을 쏟는다.

"바보같이 인사는."

손등으로 눈물을 닦은 순미 누나가 다가와 김기용의 손을 잡는다. 물기에 젖은 두 눈이 김기용을 올려다보았다.

"기용아, 피곤하지?"

"아니?"

"밥 줄까?"

"잠 좀 잘래."

"그래."

순미 누나가 마치 어머니처럼 김기용을 방 안으로 데리고 들어갔다. 그러더니 김기용의 윗도리와 바지를 벗긴다. 김기용이 셔츠와 팬티 차림이 되었을 때 순미 누나가 침대로 눕히며 물었다.

"나도 옆에 누울까?"

김기용의 시선을 받은 순미 누나가 결심한 듯 말한다.

"나도 잘래."

순미 누나가 옷을 입은 채로 김기용의 옆으로 눕더니 팔을 뻗쳐 허리를 감아 안는다. 김기용은 천장을 향하고 누운 채 길게 숨을 뱉는다. 순미 누나의 머리칼에서 옅은 향내가 맡아졌다. 가슴에 붙여진 순미 누나의 볼에서 따뜻한 온기가 전해

져 온다. 길게 숨을 뱉은 순미 누나의 입김이 김기용의 목덜
미에 닿았다. 김기용은 눈을 감았다. 빈틈없이 침대에 붙여진
몸이 점점 아래로 빨려 들어가는 느낌이 든다.

"미안해."

눈앞에 어머니가 나타나더니 부드럽게 말한다.

"미안해, 기용아."

김기용의 얼굴에 웃음이 떠올랐다. 그리고 다음 순간 깊게
잠이 들었다.

눈을 뜬 김기용은 된장국 냄새부터 맡았다. 그래서 문득 어
머니가 국을 끓이고 있는 줄로 생각했다. 하지만 다음 순간에
방안에 배어있는 향냄새가 맡아졌다. 눈동자에 힘이 풀린 김
기용은 벽시계를 본다. 오후 6시 반. 세 시간쯤 잤다. 주방에
서 달그락 거리는 소리가 들리는 것은 순미 누나일 것이었다.
같이 누워 있었던 것 같은데 먼저 잠이 들었다. 누운 채 눈만
껌벅이던 김기용은 방안으로 들어선 순미 누나를 보고는 상
반신을 일으켰다.

"응, 일어났네."

순미 누나의 표정은 밝다. 머리는 뒤로 묶었고 윗도리는 김
기용의 셔츠로 갈아입어서 허벅지까지 내려왔다.

“된장국 끓였어. 밥 먹어.”

다가선 순미 누나가 김기용의 팔을 잡더니 당겨 일으켰다. 그때였다. 김기용이순미 누나의 허리를 두 팔로 감아 안고는 침대위로 넘어뜨렸다.

“어머, 기용아.”

순식간에 얼굴이 빨개진 순미 누나가 두 손으로 김기용의 가슴을 밀었지만 시늉뿐이다. 김기용이 서둘러 순미 누나의 반바지를 끌어 내렸다.

“잠깐만. 불 *끄고*.”

순미 누나가 다시 말했지만 김기용이 팬티까지 끌어 내리자 시트를 당겨 아래를 가렸다. 김기용은 팬티를 벗어 던지고는 순미 누나의 위로 덮쳤다. 그때 순미 누나가 두 팔로 김기용의 목을 감아 안으면서 가쁜 목소리로 말한다.

“서둘지 마.”

그러나 김기용은 서둘러 순미 누나의 다리를 벌리고는 진입했다. 신음을 뱉은 순미 누나가 눈을 감았다. 순미 누나의 몸은 뜨거웠다. 그리고 한없이 부드러웠다. 김기용은 자신의 몸이순미 누나의 뜨거운 굴 안으로 빨려 들어가는 느낌을 받는다. 머리가 폭발할 것 같았고 멀리서 순미 누나의 탄성이 울려왔다.

'그리스'에 다시 출근 한 것은 어머니의 장례를 치루고 돌아
온 그 다음날이다. 그래서 결근은 이틀밖에 안 한 셈이 된다.
7시에 나온 김기용이 대걸레로 홀 청소를 하고 있을 때 뒤에
서 유은주의 목소리가 울렸다.

"너, 왜 나왔어?"

같이 청소를 하던 보조 서대균이 놀란 얼굴로 허리를 폈다.
유은주의 목소리가 날카로웠기 때문이다. 김기용이 유은주를
향해 머리를 숙여 인사를 했다.

"할 일이 없어서요."

"바보 같은 자식."

이맛살을 찌푸린 유은주가 옆을 지나면서 말을 잇는다.

"자식아, 좀 쉬었다 나오지 누가 너 자른대?"

잠시 후에 출근한 박남철도 그랬다. 어깨를 부풀린 박남철
이 주먹으로 김기용의 등을 치면서 말했다.

"자식아, 사장한테 개근상 받을래? 받아서 뭐 할 건데? 사
장이 한 코 준다고 하디?"

고참 웨이터들도 김기용을 반겼다. 모두 상가에 다녀간 데
다 웨이터 부조금도 2백만 원이나 되었고 유은주는 따로 2백
만 원을 주었다. 그래서 김기용은 장례를 치르고 나서도 돈이
2백만 원이 넘게 남았다. 바쁘게 일하는 동안은 딴 생각이 안

난다. '그리스'는 여전히 손님이 많았으며 시끄러웠고 새벽 3시경에 싸움까지 일어나서 김기용은 말리다가 옷까지 찢어졌다. 박남철이 옷 찢은 손님한테 옷값에다 다쳤다고 공갈을 쳐서 40만 원을 받아 김기용한테 20만 원을 주었다.

"너!~ 인마, 며칠 쉬어야 긋다."

화장실에서 씻는 김기용에게 다가온 박남철이 앞쪽 거울을 보면서 말했다.

"눈동자에 초점이 없어. 건둥그리면서 다니는 것이 꼭 자다 깬 놈가터~!"

"괜찮아요, 형."

"어디 바닷가나 아니면 배낭 메고 중국이나 돌고 와라. 한 열흘간, 뒤는 내가 책임질께."

"그냥 일 할께요."

"사장도 가라고 할 거다. 사장이 널 좀 애끼더라. 니가 함 달라고 해도 줄거다."

소변기에서 오줌을 다 싸고 난 박남철이 제 자지를 내려다보면서 말을 잇는다.

"순미를 데꼬 가든지, 걔도 네가 가자면 갈꺼다."

그러더니 눈을 가늘게 뜨고 김기용을 보았다.

"너, 먹었냐?"

"아뇨."

했지만 김기용은 시선을 내린다. 박남철이 몸을 돌리며 말했다.

"얼릉 얼릉 먹어둬, 새끼야. 여자는 기회만 생기면 먹어야 쓴다."

"당분간은 그냥 집에 가."

하고 아침에 유은주가 말했으므로 김기용은 돈 가방 따라 다니지 않고 곧장 집으로 올수 있었다. 그래서 집에 도착했을 때는 오전 9시 반이다. 어제 오후까지 순미 누나하고 함께 있었기 때문에 집안에는 아직 온기가 남아 있는 것처럼 느껴졌다. 순미 누나의 기운일 것이다. 집안은 청소와 정돈이 잘 되었지만 어머니 방은 순미 누나가 건드리지 않았다. 이 방에서 어머니가 목을 매었기 때문에 찜찜하기도 했을 것이다. 어머니 방으로 들어선 김기용이 옷장 문을 열고 어제 넣어둔 가방을 꺼내었다. 가방의 지퍼를 열었을 때 안에 보자기에 싼 박스가 드러났다. 분홍빛 싸구려 보자기에 싸인 베니어 판 박스에 어머니의 유골이 들어있는 것이다. 보자기를 앞에 놓은 김기용이 말한다.

"엄마, 내일 좋은 박스를 사다가 옮겨 줄 테니까 오늘만

참아.”

그러더니 열려진 옷장 안에 놓인 수진의 유골 박스에게 말한다.

“수진이 넌 엄마하고 같이 있어서 좋겠다.”

김기용이 어머니 유골 박스를 들어 옷장 안의 수진이 옆에 딱 붙여 놓았다.

“나, 아침 생각 없어.”

김기용이 어머니 박스에 대고 말했다. 그리고는 수진이 박스를 보며 묻는다.

“넌 배고파?”

그러더니 머리를 끄덕이며 일어섰다.

“엄마한테 말해서 먹겠다고? 알았다. 그럼 난 내 방에서 잘란다.”

김기용의 눈동자는 또렷하다.

꿈이다. 분명히 꿈속에서 이것이 꿈이라고 의식 하면서도 김기용은 빠져 나오지 않는다. 침대에서 일어나면 꿈에서 깨게 될 것이다. 그러나 김기용은 눈을 감고 꿈을 계속한다. 꿈속에서 어머니, 아버지, 수진이까지 다 모여 앉았다. 식탁에 둘러앉아 있는 것이다. 어머니는 아까부터 계속해서 웃었다.

수진이도 따라 웃는다. 아버지의 말이 우스웠기 때문인 것 같다. 그런데 김기용은 바로 옆에 앉아 있는데도 아버지의 말이 들리지 않는다. 그래서 혼자만 인상을 쓰고 있다. 따돌림을 당한 느낌이 든다. 그러나 이 좋은 분위기를 깨뜨리기는 싫다. 그래서 참고 있는 것이다. 그때 아버지가 머리를 돌려 김기용을 보았다.

"봐라, 네 엄마가 얼마나 행복한가를."

아버지가 웃음 띤 얼굴로 말을 잇는다.

"왜 너만 울상을 짓고 있는 거냐? 어서 너도 끼어들어라."

그러자 김기용이 아버지에게 물었다.

"그럼 아버지, 저도 죽을까요?"

그때 어머니가 와락 소리쳤다.

"안돼!"

수진이도 따라서 악을 쓴다.

"안돼!"

놀란 김기용은 머리를 들었다. 그리고는 놀라 눈을 치켜떴다. 목을 매단 어머니가 눈을 치켜뜨고 있었다. 피 범벅이 된 수진이가 이쪽을 바라본다. 그 순간 김기용은 깨어나야겠다고 마음먹고는 벌떡 몸을 일으켰다. 아직 햇살이 들어오고 있는 한낮이다. 어느새 온몸은 식은땀으로 젖었고 숨이 가빴다.

벽시계가 오후 2시 반을 가리키고 있다.

"아, 시바."

어깨를 늘어뜨린 김기용이 혼잣소리로 말한다.

"왜 그렇게 사람 놀라게 하는 거야? 시바, 나 혼자서 어쩌라고?"

아버지의 전화가 왔을 때는 오후 5시 10분. 이른 저녁밥을 챙겨먹고 출근 준비를 하던 참이다. 사장 유은주는 말할 것도 없고 박남철도 어디 가서 쉬라고 했지만 당치도 않는 소리였다. 엄마와 수진이를 남겨놓고 며칠간이나 집을 비울 수는 없었기 때문이다.

"나다."

딱 한마디가 수화기를 울렸지만 술에 취한 분위기, 냄새까지 수화기를 통해 품어지는 것 같다. 눈을 치켜뜬 김기용이 가만있었을 때 김동균이 소리친다.

"이 새끼, 듣고 있어?"

"예."

"이 호래자식. 너, 돈 좀 가져와."

"……."

"야, 듣냐?"

“예.”

“너 이 새끼, 내가 너 어디 다니는지 모르고 있는 줄 알아?”

그 순간 몸을 굳힌 김기용의 귀에 김동균의 짧은 웃음소리가 울린다.

“흐흐흐, 그리스, 맞지?”

“……”

“이 새끼, 쥐새끼처럼 이리저리 뛰어서 나를 떨쿠더니 어제는 얌전히 가더구만, 흐흐흐.”

“……”

“네 엄마 시켜서 집 담보로 은행에서 빼든지 네놈이 회사에서 가불을 해.”

“……”

“알았어?”

김동균이 와락 소리쳤을 때 김기용은 어깨를 늘어뜨리면서 길게 숨을 뱉는다. 그 소리를 들었는지 김동균이 혀가 말린 상태로 말을 잇는다.

“이 새끼야, 한숨 쉬고 자시고 할 것 없다. 내가 회사에 가서 닌리를 치기 전에 돈 맹글어와!”

“……”

“그래, 잡아넣어라, 이 새끼야. 그럼 풀려 나와서 또 찾아갈 테니까."

그러더니 김기용이 끊어버릴 것을 예상한 듯 서둘러 덧붙인다.

"내일 이 시간까지다, 알간?"

통화가 저쪽에서 끊겼다. 휴대폰을 귀에서 뗀 김기용이 어머니 방을 보았다. 그러나 입을 열지는 않았다.

"잘했어."

앞쪽 자리에 앉자마자 순미 누나가 말한다. 그러나 시선을 마주치지는 않는다. 오후 7시 반. 종로 3가의 떠들썩한 커피숍 안이다. 순미 누나는 김기용의 만나자는 연락을 받더니 이유도 묻지 않고 와준 것이다. 그리고는 대뜸 잘했다는 칭찬을 한다. 순미 누나가 외면한 채 말을 잇는다.

"그래, 며칠 쉬어. 남철 오빠도 걱정하더라."

주위는 젊은 남녀로 가득 찬데다 소란해서 순미 누나는 소리를 쳤다. 그래도 아직 시선을 주지 않는다. 김기용의 얼굴도 어느덧 달아올라 있다. 어제 낮에 끝없이순미 누나의 몸을 탐닉하던 장면이 떠올랐기 때문이다. 순미 누나도 그것 때문에 얼굴을 붉히고 있을 것이었다. 이윽고 김기용이 말한다.

"누나, 나하고 여행 갈 수 있어?"

“여행?”

주위가 시끄러웠지만 순미 누나는 여행이란 말은 들은 것 같다. 눈을 크게 뜬 순미 누나가 상반신을 앞으로 기울였다.

“뭐라고 했어? 여행가자고?”

“응, 나하고.”

김기용도 상반신을 굽혀 순미 누나의 귀에 입을 가깝게 대고 말한다.

“지금 당장.”

“지금? 어디로?”

순미 누나의 눈동자가 반짝인다. 김기용이 심호흡을 하자 순미 누나의 냄새가 맡아졌다. 이런 소음 속에서도 순미 누나의 향기가 맡아지는 것이 신기하다.

“아무데나. 누나가 좋다는 곳으로.”

“좋아.”

순미 누나가 커다랗게 머리를 끄덕였다.

“가자.”

“어디로?”

이번에는 김기용이 묻자 순미 누나가 이를 드러내고 웃었다.

“아무데나.”

"짐을 다 싸왔구나."

가방을 어깨에 둘러매고 커피숍을 나왔을 때 순미 누나가 웃으며 말한다. 가방을 손으로 만져본 순미 누나가 웃음 띤 얼굴로 물었다.

"뭘 이렇게 많이 넣었어? 야숙하려고 텐트하고 담요까지 넣은 것 아냐?"

"아냐."

"그럼 나도 짐 싸와야겠네. 그런데 어디로 가지?"

했지만 순미 누나의 표정은 밝다.

"지금 집에 가서 짐 싸갖고 나오면 엄마가 놀랄 텐데."

머리를 돌린 순미 누나가 김기용을 보았다. 두 눈이 반짝이고 있다.

"며칠간 도망 나갈까? 사흘? 나흘? 닷새? 닷새 이상은 무리야. 실종 신고를 할 거야, 엄마가."

들뜬 순미 누나가 김기용의 팔을 쥐더니 거리로 끌고 나간다. 행인으로 가득 찬 거리는 활기가 흐르고 있다. 휘황찬란한 불빛에 덮여져서 오히려 대낮보다 밝은 것 같다.

야간열차 안은 조용하다, 모두 잔다. 서울을 출발해서 목포가 종착역인 호남선 야간열차는 역마다 쉬면서 끈질기게 달려가고 있다. 밤 12시 반. 천안을 지나면서 창가에 앉은 순미 누나는 잠이 들었다. 머리를 김기용의 어깨에 기대고 있었지만 검은 유리창을 보면 옆얼굴이 선명하게 비쳐졌다. 마치 검은 인화지에 박은 사진 같다. 들떠 쉴 새 없이 이야기를 하던 순미 누나는 동생 같았다. 그러나 이쪽 대답이 필요 없는 순미 누나의 일방적인 대화는 자신에 대한 배려라는 것을 김기용은 안다. 객차 안의 손님은 절반도 못된다. 더 빠르고 더 비싼 열차가 있었지만 순미 누나는 가장 느리고 가장 싼 열차를 골랐다. 너하고 더 오래 있고 싶기 때문이라는 것이다. 하루가 24시간이지만 느린 열차를 타면 29시간으로 늘어난다는 말 같았다. 순미 누나의 자는 얼굴은 평온했다. 머리가 조금 옆으로 비틀려져 있는 것이 검은 인화지를 통해서 보니까 반대편까지 다 드러났다. 본인은 그쪽이 감춰졌다고 믿으면서 자겠지. 김기용은 어깨를 들썩여 순미 누나의 머리가 더 편안하게 붙여지도록 한다. 순미 누나가 탄성 같은 한숨을 내뱉더니 머리가 더 깊게 어깨에 눕혀졌다. 이제는 익숙해진 향내가 순미 누나의 머리에서 풍겨 나온다. 김기용은 손을 뻗쳐 순미 누나의 어깨를 감아 안는다. 그러자 가슴이 내려앉는 느낌이 들면서 찌릿찌릿했다. 가슴 안에서 몇 개의 불꽃이 터진 것 같다. 작은 폭죽 같은 느낌이 든다. 소리 없고 보이지도 않는 폭죽. 김기용은 다시 유리창에 박힌 순미 누나의 모습을 보았다. 누나의 얼굴에 불덩이가 지나가고 있다. 마을의 불빛이다.

민박집 마루에 앉으면 아래쪽 바위투성이의 바다가 보인다. 거친 바위가 많아서 틈만 있으면 꼬이는 관광객이 이쪽에는 한명도 없다. 볼 것도 없기 때문이다. 검은 바위에 부서지는 파도뿐. 게다가 수심도 꽤 깊어서 놀기에도 마땅치가 않다. 오전 10시 반. 온몸으로 따스한 햇살을 받으며 마루에 앉은 김기용에게 이곳은 딴 세상 같다. 눈앞에 해변의 바위와 푸른 바다가 펼쳐졌고 갈매기가 난다. 어선 한척이 앞바다에 떠 있었는데 선원은 보이지 않았다. 무엇을 기다리는지 가다가 잠이 들었는지도 모른다. 그때 뒤쪽 방문이 열리더니 순미 누나가 나왔다. 반바지에 티셔츠로 갈아입었고 방금 세수를 한 얼굴에 윤기가 난다. 순미 누나가 무릎위에 턱을 고인 자세로 김기용의 옆에 앉는다.

"언젠가는 이렇게 좋아하는 사람하고 같이 있는 꿈을 꾸었어."

순미 누나가 햇살보다 밝은 표정으로 말했다. 턱이 무릎에 붙여졌고 두 팔은 무릎 밑에서 각지를 껴서 잡았다. 나란히 놓인 맨발 발가락이 가끔씩 꼬물거린다.

"그런데 그 꿈이 바로 지금이야, 행복해. 나 지금처럼 행복해본 적이 없어."

앞쪽을 향한 채 순미 누나가 말했을 때 김기용은 숨을 죽였다. 마치 숨만 쉬어도 뭐가 달아나기라도 하는 듯이 꼼짝 않고 바다를 본다. 얼굴도 긴장으로 굳어져 있다. 그때 순미 누나가 말을 이었다.

"넌 강해, 이겨낼 수 있을 거야."

"……."

"내가 네 옆에 있잖아, 나도 도와줄 테니까."

"……."

"이제 집 나간 수진이도 돌아오게 될거야, 내가 같이 기다려줄게."

김기용은 가만있었다. 수진이가 죽었다는 이야기를 하지 않았다. 아버지가 행패를 부리고 있다는 이야기도 물론 안 했다. 그 이야기를 다 했을 때 순미 누나의 표정을 상상만 해도 얼굴이 뜨거워진다. 이젠 정말 싫다. 그 놀랍고 동정심이 가득 찬 표정, 처음 몇 번은 그 시선에, 부드러운 말에 이쪽 가슴이 떨렸고 고마웠다. 그런데 시간이 흐르자 그것은 독이 되었다. 마약은 해보지 않았지만 그런 증상하고 비슷하지 않을까? 중독이 되어서 점점 더 강한 반응을 기대하는 것, 동정심 중독, 당연히 감싸 주리라는 중독성 기대, 그러다가 동정에 지친 상대가 떠나면 몇 배나 더 외로워졌고 반발하게 되었던 것이다. 그것을 피하려면 처음부터 문을 잠가놓고 있는 것이 낫다. 그래왔는데 이번에 순미 누나한테 다 열린 것 같다. 그 것도 너무 활짝.

오후 6시 반. 미리 바닷가에 혼자 내려가 있던 김기용이 김 동균의 전화를 받는다. 오늘 5시 반에 만나기로 했던 것이다. 김동균은 공중전화를 쓴다.

"너, 안 나와?"

김동균이 대뜸 고함을 질렀다.

"너, 이 새끼. 도망 다닐 수 있을 것 같으냐? 너, 내가 지금 '그리스'로 간다."

그러더니 김 균이 잇사이로 말한다. 말이 마치 이로 자근자 근 씹힌 후에 나오는 것 같다.

"이 새끼, 두고 봐. 그놈의 가게 장사 못하게 할 테니까."

"나, 오늘, 가게 안가요."

마침내 김기용이 바위에 붙은 조개껍질을 떼며 말한다. 김 동균이 놀란 듯 가만있었고 김기용은 말을 이었다.

"믿지 못하겠다면 오늘 가게에 가서 확인을 해 보세요."

"이 새끼 봐?"

했지만 김동균의 말문이 막혔다. 흰 조개껍질을 물속에 던진 김기용이 머리를 들고 말했다.

"나, 아버지 죽이려고 칼을 갖고 있어요. 아버지는 죽는 것이 낫다는 생각을 했거든요."

김기용은 제 말이 정확하게 발음되어 나오는 것을 제 귀로 듣는다. 그러자 두 눈에 생기가 띄어졌다.

"어디를 찌를까 오래 생각했어요. 지난번에는 수진이가 등을 찌르려다가 긋기만 했는데 난 목을 찌를 겁니다."

"……"

"심장이 있는 가슴을 찌를까 했는데 거긴 옷에 가려졌고 가슴 주머니까지 붙여져서 칼이 잘 들어가지 않을 것 같더군요. 내가 가져온 식칼은 길이가 20센티미터나 되지만 끝이 날카롭지는 않아요."

"……"

"다음에 아버지 만나면 꼭 찌를 겁니다. 아버지 눈을 똑바로 보면서 찌르겠어요. 그러려고 지금도 연습하고 있어요."

김기용이 이제는 칼로 찌르는 시늉을 한다. 빈손이었지만 칼을 쥔 것처럼 주먹을 쥐고 바다를 향해 찔렀다가 내렸다.

그때 귀에 붙인 휴대폰에서 통화가 끊긴 신호음이 울렸다. 휴대폰을 주머니에 넣은 후에도 김기용은 칼을 찌르는 연습을 했다. 눈을 크게 뜨고 앞을 향한 채로 찔렀다 빼기를 반복한다. 아버지한테 수진의 죽음을, 어머니의 자살을 말해줄 생각은 없다. 그럴 생각은 꿈도 꾸지 않았다. 그래서 아버지의 동정심을 산단 말인가? 그래서 아버지의 학대를 그치게 만든다구? 이를 악문 김기용이 눈앞에 떠있는 아버지를 향해 힘껏 팔을 뻗쳤다가 내렸다. 그것은 수진과 어머니의 죽음을 팔아먹는 짓이다. 나만 편하겠다고 수진과 어머니의 죽음을 싸구려로 팔아먹다니, 비겁한 짓이다. 동정을 받을 인간이 따로 있지 둘을 죽게 만든 아버지한테 동정을 받아? 안 된다, 아버지는 내가 죽이는 순간까지 둘의 죽음을 알면 안 된다. 그리고 나는 아버지가 죽는 순간까지 둘의 죽음을 가슴에만 담고 있을 것이다. 그 아픔을 그대로 겪어 내는 것이 자식과 오빠로써의 도리다. 나만 편 하려고 털어놓다니 말두 안돼.

마루 옆쪽 뒷마당으로 슬리퍼를 신고 나왔던 순미가 바다를 보았다. 바위 사이에 선 김기용이 주먹을 쥐고 앞으로 내지르는 시늉을 반복하고 있다. 처음에는 팔 운동을 하는 것처럼 보였는데 움직임이 이상했다. 팔이 죽 뻗쳐졌다가 오므려진다. 눈을 가늘게 뜬 순미가 허리에 두 손을 짚고 서서 김기용을 본다. 김기용과의 거리는 50미터쯤 되었다. 뭔지는 모르지만 열심히 움직이는 모습이 우습기도 했고 사랑스러웠으므로 순미는 두 손을 입가에 붙였다가 곧 내렸다. 부르려다가 만 것이다. 서쪽 바다에 석양이 내려앉아 바다 위는 황금색으로 물들었다. 옆쪽 부엌에서 매운탕 냄새가 풍겨 나왔다. 오늘 밤에는 민박집 아줌마한테서 사놓은 광어회와 오징어로 소주를 마실 것이다. 순미는 조금 있다가 김기용을 부르기로 하고 방으로 들어갔다. 저녁이 되어서 반바지에 반팔 셔츠로는 서늘했기 때문이다. 윗목에 김기용이 가져온 배낭이 놓여 있었으므로 순미는 지퍼를 열었다. 배낭 안에든 옷을 뒤적여 긴팔 셔츠를 꺼내던 순미가 문득 움직임을 멈춘다. 그리고는 손을 더 깊게 넣더니 눈을 크게 떴다. 지퍼를 더 연 순미가 가방 바닥에 놓인 상자 두 개를 꺼내 방바닥에 놓았다. 검게 옷 칠이 된 보석 상자 두 개, 자개 장식까지 박혀 있었는데 보자기로 단단히 싸서 윗부분만 드러났다. 정육면체로 각각 장폭고가 15센티미터쯤 되었는데 두 개가 배낭 바닥에 나란히 놓여 있었던 것이다. 한동안 두 개의 보석 상사를 내려다보던 순미가 문득 손을 뻗쳐 왼쪽 상자의 보자기를 풀었다. 옻칠 장식 옆쪽에 종잇조각 같은 것이 보였기 때문이다. 보자기를 푼 순미는 닫혀있는 보석상자의 눈부신 모습을 보았다. 자개로 산수도를 그린 상자는 꽤 비쌀 것 같다. 순미는 옆에 떨어진 종잇조각을 집어 들었다. 글씨가 적혀져 있다. 김기용의 필체다.

"수진."

꽤 큰 글씨로 딱 두자. 처음에는 무슨 말인지 몰랐던 순미는 조금 후에야 김기용의 집나간 여동생 이름이 수진이었다는 것을 깨달았다. 그 순간 화들짝 놀란 순미의 얼굴이 하얗게 굳어졌다. 한동안 순미는 상자를 내려다본다. 상자에는 열쇠가 채워져 있어서 열수는 없다. 이윽고 어금니를 문 순미가 다시 손을 뻗쳐 다른 상자를 싼 보자기를 풀었다. 똑같은 장식의 상자, 안에도 종이가 있다. 쪽지를 집어든 순미의 얼굴이 이번에는 나무토막처럼 굳어졌다. 쪽지에도 딱 두자가 써있었던 것이다.

"엄마."

민박집 아줌마는 음식 솜씨도 좋았을 뿐만 아니라 인심도 후했다. 차려나온 1만 원짜리 저녁상은 그야말로 진수성찬이었는데 생선회에 매운탕, 젓갈 종류만 5개가 되는데다 김치도 세 가지, 홍어삼합까지 놓여졌다. 김기용은 밥을 두 그릇이나 비웠고 순미가 남긴 밥까지 먹었는데 순미는 매운탕 국물만 찔끔찔끔 마셨다. 밥상을 물린 김기용이 밤에 마실 술을 사러 가겠다고 나서자 순미가 따라 나온다. 마을 가게는 바닷가 제 방 길을 따라 5백 미터쯤 떨어져 있다. 밖은 이미 어둡다. 파 도 소리만 들릴 뿐 바다와 하늘은 구분이 안 되었다. 밤이 되 면서 바람이 세어지더니 바람 끝에 물기가 느껴진다. 좁은 제 방 길로 들어서자 순미 누나가 김기용의 한쪽 팔을 두 팔로 감싸 안았다. 그러더니 매달리듯 걸으면서 머리를 김기용의 어깨에 붙인다. 바람에 머리칼이 날린다. 그러나 바닷가가 멀 어지면서 주위는 점점 조용해졌다. 한걸음씩 둘은 앞쪽에서 반짝이는 마을의 불빛을 향해 걷는다. 사방은 텅 비어진 것 같다. 제방 위에는 둘 뿐이다. 그때 순미 누나가 불쑥 말했다.

"자기야, 사랑해."

김기용이 머리를 돌려 순미 누나를 보았다. 그러자 순미 누 나가 얼굴을 보여주지 않으려는 듯이 겨드랑이에 바짝 붙인 다. 김기용이 큭큭 웃었다.

"누나, 자기라고 했어?"

"사랑해."

"그럼 키스해줘."

하고 김기용이 멈춰 서자 순미 누나가 이번에는 가슴에 얼

굴을 붙이더니 두 팔로 허리를 감싸 안았다. 빈틈이 없다. 김
기용이 손끝으로 순미 누나의 턱을 치켜 올렸다. 그러자 순미
누나가 얼굴을 들어 올린다. 별도 보이지 않는 밤이었지만 순
미 누나가 눈을 감고 있는 것은 알겠다. 김기용은 머리를 내
려 순미 누나의 입술을 빨았다. 그때 순미 누나가 두 팔로 김
기용의 목을 감싸 안는다. 그리고는 입을 열어 혀를 내밀었
다. 곧 뜨겁고 말랑한 순미 누나의 혀가 맹렬하게 김기용의
혀를 감고 비틀고 문지르기 시작했다. 처음 있는 일이어서 김
기용은 와락 들떴다. 전에는 순미 누나의 혀가 이렇게 격렬하
지 않았다. 오늘은 마치 미친것 같다.

민박집에서 나흘 밤을 잤다. 그리고 닷새째가 되는 날 저녁
에 둘은 다시 가장 느린 열차를 탄다. 서울행. 이번에도 역마
다 쉬면서 달려 깊은 밤중에 도착할 것이었다. 서울행 완행열
차. 정이든 민박집 아줌마는 좋아했던 밑반찬을 여러 개 싸
주었으므로 김기용에게 보따리가 하나 늘어났다. 꼭 고향에
다녀가는 젊은 부부 같다. 오늘도 창가에 앉은 순미 누나가
대답할 필요 없는 이야기를 늘어놓기 시작한다. 상행선은 하
행선 때와는 달리 손님이 꽤 많았기 때문에 김기용의 귀에 대
고 말한다.

“비결하나 알려줄게. 여자 놓치지 않는 비결이니까 잘 들어.”

김기용은 눈만 껌벅였고 순미 누나의 말이 이어졌다.

“섹스를 많이 하는 거야. 그래서 그 남자에게 익숙해지는 거지. 그럼 그 여자는 다른 남자 못 만나.”

“…….”

“만일 다른 남자하고 섹스 할 기회가 있어서 만족 못할 때 여자는 두 번 다시 그런 실수를 반복하지 않게 돼.”

“…….”

“그런 의미에서 자기는 성공했어. 대성공이야. 난 자기만 보면 몸이 근질근질 하니까, 지금도 그래.”

김기용의 시선을 받은 순미 누나가 시침미를 뚝 뗀 얼굴을 짓더니 다시 입을 귀에 붙인다.

“우리가 4박 5일간 몇 번 한지 알아? 모두 스물네 번 했어. 하루 평균 여섯 번.”

“…….”

“하긴 아줌마 나갔을 때 낮에도 했으니까, 낮에 한 것이 여덟 번, 아주 좋았어.”

“…….”

“대낮에 하는 게 자극이 되더라니까?”

다시 김기용의 시선을 받은 순미 누나가 정색하고 말한다.

"나, 어떡해. 흘러나와서 팬티 버렸어. 이야기 하다보니까 달아 오른 거야."

그러더니 엉거주춤 자리에서 일어선다.

"나, 화장실에서 닦고 올게."

김기용이 화장실로 다가가는 순미 누나의 뒷모습을 본다. 흘러내린 사람 같지 않게 당당하게 걷던 순미 누나가 끝 쪽 문 앞에 서더니 이쪽을 돌아보았다. 그리고는 김기용의 시선과 마주치자 활짝 웃었다. 객차 안이 환해지는 것 같은 웃음이어서 김기용은 정신이 번쩍 들었다.

순미는 화장실로 가지 않았다. 객차 사이의 빈 공간에 서서 창밖을 본다. 흘러 내렸다는 말은 물론 거짓말이다. 김기용의 눈을 보면 자신도 모르게 자극적인 말이 뱉어지는 것이다. 그저 말만 뱉어진다. 몸은 반대로 차갑게 가라앉는 것이 느껴진다. 김기용의 눈동자가 그렇다. 흰 창에 파여진 깊은 우물 같다. 끝이 닿지 않는 우물. 점퍼 주머니에서 담배를 꺼낸 순미는 입에 물고 라이터를 켜 불을 붙였다. 깊게 한 모금을 마신 순미가 연기를 한숨과 함께 길게 품는다. 이번 남도 여행은 넷이 했다. 김기용과 나. 그리고 배낭 속에 든 김기용 어머니와 여동생. 다시 유리창에 대고 연기를 뱉은 순미가 등을 객차의 벽에 붙였다. 동생 수진은 어떻게 죽었을까? 묻고 싶은 마음이 하루에도 열두 번 씩 목구멍까지 올라왔다가 참았다. 그 순간부터 분위기가 산산조각으로 깨뜨려질 것이 분명했기 때문이다. 김기용의 성품으로는 틀림없다. 그래서 그 충동이 일어날 때마다 김기용에게 덤벼들었던 것이다. 가만있을 수가 없었다. 섹스라도 해야 잊을 수 있었다. 머리맡에 어머니와 여동생을 둔 섹스는 엄청난 자극을 주기도 했으니까 일석이조도 염두에 두었을까?

순미 누나는 화장실에 가더니 아직 돌아오지 않는다. 의자에 등을 붙인 김기용이 창밖에서 시선을 떼었다가 머리를 들고 위쪽 선반을 보았다. 배낭이 놓여 있다.

"엄마, 나, 어떻게 하지?"

김기용이 입술만 달싹이며 배낭을 향해 묻는다. 열차가 대답이라도 하는 것처럼 덜커덩 거리며 흔들렸다.

"다시 집에 들어가야 돼?"

눈을 가늘게 뜨고 기다렸지만 다른 기척은 없다. 뒷자리 승객이 두런거리고 있다. 중년 부부인데 남편이 잔소리를 하는 것이다. 뭘 잘못 팔았다는 내용이다. 어깨를 늘어뜨린 김기용이 말을 잇는다.

"엄마, 나, 더 이상 행복해질 수가 없을 만큼 4박 5일간 다 겪었어. 그곳에 엄마도 수진이도 함께 있었지, 안 그래?"

어머니는 말이 없고 김기용의 말만 입술 안에서 계속 되었다.

"지금부터는 내리막길이야, 아버지도 결국 나타날 것이고 내 사랑도 내려가게 돼, 이런 식의 사랑이란 계속 이어질 수가 없는 것이거든."

남의 이야기를 하는 것처럼 김기용의 얼굴에 차가운 웃음기까지 떠올랐다.

"천천히 싫증이 나기 시작하고 차츰 뜸해지면서 사라지는 거야, 엄마. 난, 그동안이 싫어. 뜨거운 물에 빠져 천천히 익으면서 죽어가는 낙지처럼 될 거야, 난."

"……."

"엄마, 나도 엄마 따라갈까?"

하고 김기용이 입속으로 물었을 때 옆에서 인기척이 났다. 순미 누나가 돌아왔다.

서울역에 도착했을 때는 오전 4시 반. 새벽 기차에서 내린 승객들의 얼굴은 모두 지쳐 보인다. 대합실로 나왔을 때 순미 누나가 물었다.

"너, 집에 갈 거지?"

"그럼."

당연하지 않느냐는 표정을 지은 김기용에게 순미 누나가 웃어보였다.

"나도 닷새나 집을 비운 건 첨야. 빨랑 집에 가서 의심을 불식시켜야겠어."

순미 누나는 시골 친구네 집에 다녀오는 것으로 되어있다. 다가선 순미 누나가 김기용의 점퍼 깃을 두 손으로 움켜쥐었다. 어느덧 얼굴에서 웃음기가 지워져 있다. 순미 누나가 입을 열었다.

"내가 옆에 있어, 알지?"

김기용의 시선을 받은 순미 누나가 점퍼 깃을 더 세게 쥐었다.

"기운 내, 응?"

"응."

"오늘 일 나갈 거야?"

"응."

"그럼 내가 한가할 때 전화할게."

"고마워 누나."

그러자 순미 누나의 눈썹이 좁혀졌다.

"싫어, 그런 말. 사랑한다고 말해봐."

"사랑해."

"사랑해."

그리고는 순미 누나가 점퍼 깃을 놓더니 한 발짝 물러선다. 눈을 크게 뜬 순미 누나가 다음 순간 몸을 돌리더니 발을 떼었다. 발걸음이 한걸음씩 딛다가 점점 빨라졌다. 나중에는 뛰다시피 대합실을 나갔는데 뒤를 돌아보지 않았다.

어제 저녁에 시켜 먹었던 자장면 그릇을 치우던 박기대는 문이 열리는 기척에 머리를 든다. 20대 초반쯤의 청년이 들어서고 있다. 큰 키에 등에는 커다란 배낭을 메었고 얼굴에는 수심이 덮여졌다. 시선이 마주쳤을 때 얼른 얼굴이 돌려지는 것을 본 박기대의 가슴이 차분해졌다. 인상도 좋고 착한 성품의 청년이다.

"무슨 일로?"

박기대가 묻자 청년이 소파 옆에 선 채로 말한다.

"저기, 전 한동 임대아파트 B동 303호에 살고 있는데요."

"아, 한동."

머리를 끄덕인 박기대가 한걸음 다가가 섰다. 한동 임대아파트는 매물이 없다. 오직 임대자가 계약 기간이 끝나 나가겠다고 구청에 신고를 해야만 한다. 계속 눌러 살겠다고 하면 구청에서 계약 연장을 해주는데 기간은 5년. 그러나 그런 경우는 극히 드물다. 보증금 2천만 원으로 한 달 20만 원의 임대료만 내면 되는 터라 신청자가 줄을 서있는 것이다. 그때 청년이 말한다.

"방 빼고 싶은데요, 될까요?"

"으응?"

놀란 박기대의 눈이 커졌다. 숨도 잠깐 멈췄다. 되다마다, 30분 안에 구청 신고까지 마치고 새 주인과 계약을 성사 시킬 수가 있는 것이다. 수수료는 말만 잘하면 1백만 원도 가능하다. 아침부터 이런 복덩어리가 굴러들다니. 그러나 박기대는 진정했다. 서둘다가 실수한다.

"왜 빼려고?"

"어머니가 돌아가셔서요. 저 혼자 살기에는 좀 그래서."

"아이고, 저런, 그럼 학생은 혼자?"

"예."

"어머니 사망 신고는 했고?"

"예."

"학생 주민등록도 이곳에 되어있지?"

"예."

"언제 뺄 건데?"

"빠를수록 좋아요."

그러자 박기대의 참을성이 한계를 넘어갔다. 박기대가 팔을 뻗어 김기용의 손을 잡는다.

오후 3시 반. 김기용은 충북 보은의 고속버스 정류장을 나와 인도를 걸어 내려간다. 다시 마을버스를 타려는 것이다. 서울에 도착해서 집 근처 부동산에 들려 임대아파트 이전 수속을 마치고는 집에 들려 옷 몇 벌만 다시 챙겨 넣고 나온 것이다. 외할머니를 만나야만 한다. 어머니가 죽었을 때 제일 먼저 떠오른 것이 외할머니였지만 기를 쓰고 참았다. 외할머니를 만난 적도 있는 윤철 엄마나 중길 엄마가 연락했느냐고 물었을 때 아파 누워 계시다고 거짓말로 넘겼다. 그러나 이렇게 세월을 보낼 수는 없는 노릇이다. 이 사실을 알려야만 한다. 등에 멘 배낭이 갑자기 무겁게 느껴졌으므로 김기용은 끈을 고쳐 메었다. 그러자 문득 셋이 함께 여행 다닌 적은 이번이 처음이라는 생각이 든다. 첫 번 코스는 목포 바닷가였고 두 번째는 외할머니 집.

5장 할머니

산에서 내려오던 외할머니가 산길에 우두커니 서있는 김기용을 보더니 주춤 멈춘다. 5월 중순, 산은 짙은 풀냄새로 덮여져 있다. 그러나 울창한 산길에는 둘이 마주보며 서 있을 뿐 인적은커녕 날짐승 자취도 없다. 이윽고 할머니가 발을 떼더니 십여 보쯤 앞에서 다시 멈춰 선다. 그러더니 주름진 얼굴에 더 주름을 잡고 이쪽을 보면서 물었다.

"누구여?"

"할머니."

하고 김기용이 메마른 목소리로 불렀을 때 할머니가 들고 있던 망태기를 내던지며 달려왔다.

"아이고, 내 새끼."

할머니의 외침이 옆쪽 골짜기에 부딪쳐 길게 들린다. 달려

온 할머니가 거칠게 허리를 부둥켜안았으므로 김기용이 비틀거렸다. 머리를 든 할머니가 진물이 번진 눈으로 김기용을 올려다본다.

"너 혼자 왔냐? 에미는?"

묘지기의 집이어서 마당 구석에는 갖다놓은 비석도 있고 뗏장이 수북하게 쌓여졌다. 창고 옆에 세워놓은 제초기는 낡아서 시뻘겋게 녹이 슬었다. 산속 외딴집이라 아래쪽 마을과는 백 미터쯤 떨어져서 어렸을 때 김기용은 화장실도 못 갔다. 마루에 앉은 김기용을 향해 할머니가 쉴 새 없이 말을 걸면서 저녁을 짓는다. 오후 5시가 조금 넘었을 뿐인데도 산골에는 그늘이 졌다. 햇살은 어디에도 보이지 않는다.

"그래, 니 엄니는 잘 댕겨?"

하고 부엌에서 할머니가 소리쳐 물었으므로 김기용이 심호흡부터 했다. 산길에서 할머니가 묻기에 엉겁결에 일 나갔다고 해버린 것이다. 김기용이 대답한다.

"으응."

그때 할머니가 부지깽이를 들고 부엌 밖으로 나오더니 김기용에게 또 묻는다.

"전화요금 못 내서 전화 안 되는 건 아니 자?"

"그럼. 엄마가 전화 바꾸려고."

어머니 핸드폰을 꺼놓았기 때문이다. 그러자 입맛을 다신 할머니가 마루 옆 귀퉁이에 쌓아둔 장작을 안아들고 다시 부엌으로 들어간다. 마루에 앉아있던 김기용이 신발을 꿰어 신고 부엌으로 따라 들어가 할머니와 함께 아궁이 앞에 쪼그리고 앉았다. 방금 밀어 넣은 장작에서 연기가 피워 오른다.

"니가 잘허면 그놈이 못 온다."

부지깽이로 아궁이를 쑤시면서 할머니가 말했다.

"니가 엄니를 지켜줘야 되어."

"할머니."

연기에 쏘인 눈에서 눈물이 질질 나오는 바람에 손등으로 눈물을 닦은 김기용이 부른다.

"할머니, 왜 이렇게 되었지?"

어머니 이야기를 하려다가 또 입 밖으로 다른 말이 나왔다. 할머니가 신음을 뱉으며 일어나더니 무거운 솥뚜껑을 조금 열어보고 도로 닫는다.

"뭐가 말이여?"

"엄니 하고……."

"그놈 말이지?"

다시 김기용 옆에 쪼그리고 앉은 할머니가 긴 숨부터 뱉었다. 바닥의 마른 솔잎들이 숨길에 날려 흩어졌다.

"니가 어렸을 때만 혀도 그럭저럭 잘 살았다. 그놈이 회사에 나가 꼬박꼬박 월급이랍시고 타 왔응게."

"난 잘산 기억이 없어."

김기용이 불길이 오르는 아궁이를 향한 채 머리를 젓는다.

"맨날 싸웠어. 고함을 치고, 부수고, 어머니를 때린 기억만 나."

"그 썩을 놈이 회사에서 무능허다고 짤린 후 부터다."

할머니가 부지깽이로 부엌 바닥을 치면서 말을 잇는다.

"그후부턈 석 달 이상 댕기는 회사가 없었다. 맨날 술 퍼먹고 그 개지랄을 한 것이여."

"……"

"오죽허먼 내가 쫓아올라가 이혼을 시켰긋냐? 그놈은 미친 놈이여."

"……"

"너, 술 먹지 마라."

"응."

"니 엄니 잘 돌봐."

그러더니 할머니가 와락 눈을 치켜뜬다.

"근디, 그 썩을 년은 요즘 왜 전화도 안한다냐? 손구락이

문드러졌다 드냐?”

　다음날 오전 김기용은 등에 뗏장을 지고 산으로 올라갔다. 할머니가 봐주는 묘 중의 하나인 박 교수님 묘에 뗏장을 입히려는 것이다. 물론 묘에 누운 송장은 박 교수가 아니다. 할머니한테 묘지기 수당을 주는 인간이 박 교수이기 때문에 그렇게 부른다.

　“봐라, 죽으면 다 흙이 된다.”

　먼저 올라와 마른 떼를 뜯어내고 있던 할머니가 묘위에서 말했다. 머리에 수건을 동이고 쪼그려 앉은 할머니가 말을 잇는다.

　“난 묘에 오면 맘이 편타. 이렇게 편안허게 누워 있으면 무신 걱정이 있겄냐? 잠잘 때 쑤시지도 안코 일어날 때 허리가 아프지도 않을 거 아니냐?”

　김기용이 건네는 떼를 할머니가 익숙한 솜씨로 심는다. 박 교수한테서 인부 두 명의 일당을 각각 10만 원씩 20만 원, 300원짜리 떼 2천장 값 60만 원에다 운반비 20만 원까지 1백만 원을 할머니가 받았다고 했다. 그래서 떼값 60만 원은 이미 줬고 운반비, 인부 값까지 40만 원이 남았는데 할머니는 그것을 다 먹겠다는 것이다. 인부 둘을 안사고 할머니가 혼자 끝낼 작정이었다. 물론 떼를 이곳까지 운반하는 운반비도 할머니가 먹을 작정이었는데 마침 김기용이 온 것이다. 그래서 운반비 20만 원을 김기용한테 주기로 했다. 인부 둘이 하루면 끝낼 공사를 할머니는 지금 나흘째 일하는 중이었는데 닷새째인 내일 떼가 다 덮여질 것이었다. 할머니 옆에다 떼를 쌓아놓은 김기용이 다시 산을 내려가려고 거적과 끈을 챙겨 들었다. 떼를 다 나르려면 다섯 번쯤은 더 올라와야 할 것이다.

"아가, 기용아."

호미로 묘위를 고르던 할머니가 머리를 들고 김기용을 부른다.

"니 엄니하고 수진이를 일로 데꼬 와야 쓰것다. 수진이는 저그 마을 아래 행길까정만 가먼 읍내 여고까지 버스가 댕긴다. 30분배끼 안걸려."

일 하다만 할머니가 묘위에 쪼그리고 앉은 채 호미를 휘두르며 말을 이었다.

"내가 묘 여덜개 봐주고 3백만 원 벌이는 되는디 뗏장 일에다 잡일, 명절 때 인사 받는 것 까정 합허면 일년에 6백은 되얏다, 그러고."

숨을 고른 할머니가 김기용을 보았다.

"내가 안 쓰고 모은 돈이 천이백이 되얏구나. 그만허먼 니 엄니가 일 안허고 수진이 고등핵교 졸업 시킬 때꺼정 여그서 나허고 살 수 있을 거다.”

“……”

“수진이가 고등핵교 1학년이니께 2년 남었다. 내가 읍내 고등핵교 알아보았더니 아주 좋다고 하더라. 농협에 취직헌 아들도 있대여.”

“……”

“니가 걱정인디.”

호미로 김기용을 가리킨 할머니가 말한다.

“내가 이달 말에 서울 올라가 모녀를 데꼬 내려올 거다. 그라먼 너만 남는디, 아가.”

하고 할머니가 말을 이으려고 할 때 김기용이 몸을 돌리며 말한다.

“난 괜찮아, 할머니.”

산을 내려오면서 김기용이 혼잣소리로 말한다. 외진 산길에 혼자 뿐 이었으므로 목소리가 크다.

“아, 시바. 글 났네.”

앞쪽이 트여서 끝말이 골짜기에 부딪쳐 길게 울린다.

“말하면 할머니가 죽겠다.”

"괜히 왔어."

"이달 말까지는 버틸 수 있겠다."

"하지만 그때 들통 나면 어떻게 되지?"

"거짓말을 해?"

"어머니 중국으로 일하러 갔다고?"

"수진이는?"

"수진이는 안되잖아?"

"할머니 못 오게 해봐?"

"전화도 안 되잖아? 왜 전화 안 하냐고 물으면 어떡해?"

"에라."

하고나서 한참을 내려간 김기용이 뱉듯이 말한다.

"할머니가 말한 것처럼 죽어 누우면 아무 걱정 없겠지."

저녁밥을 먹고 난 김기용이 방바닥에 드러누워 있을 때 할머니가 들어왔다. 설거지를 마친 할머니가 수건으로 손을 닦으며 말한다.

"니 엄마 불러."

"응?"

놀란 김기용이 일어나 앉는다.

"왜?"

"왜는 왜냐? 이야기 좀 할라고 그런다."

"엄마 일하는 곳 전화번호를 모르는데."

"그, 썩을 년."

털썩 방바닥에 앉은 할머니가 길게 숨을 뱉고 나서 말한다.

"요새 자꾸 니 에미가 꿈자리에 나와."

"……"

"전화를 혀도 집 전화고 뭐고 받아야 말이지. 몇 시에 집에 들어온다냐?"

"어, 어떤 때는 집에, 안 들어 올 때도 있어서."

"그 미친년이."

눈을 치켜뜬 할머니가 다가앉는다.

"남자 생겼냐?"

"할, 할머니는 무슨."

얼굴을 하얗게 굳힌 김기용이 머리까지 젖었다.

"말두 안돼."

"집에 별일 없지?"

할머니가 눈을 가늘게 뜨고 노려보았으므로 김기용은 어금니를 물었다가 푼다.

"그, 그럼."

그래놓고 덧붙인다.

“내, 내가 할머니한테 놀러 간다니까 꼭 꿀을 사 가라고 나한테 돈을 줬는데.”

김기용이 손을 들어 선반에 놓인 꿀 병을 가리킨다. 보은 시외버스 정류장 근처 가게에서 산 꿀 병이다.

“할, 할머니가 꿀을 좋아 한다고.”

그리고는 김기용이 어깨를 늘어뜨린다. 너무 나간 것이다. 이젠 말하기가 더 어렵게 되었다.

“어디야?”

수화기에서 순미 누나의 목소리가 울렸을 때는 오전 3시경이다. 산속 외딴집은 너무 조용해서 귀 울림소리만 난다. 순미 누나의 목소리는 맑은데다 주위에 잡음 하나 없다. 목소리가 산속으로 들어오면서 숲이 체가 되어 걸러지는 것 같다. 옆방의 할머니가 깰새라 김기용은 소리죽여 일어나며 대답한다.

“응? 나, 시골.”

“시골 어디?”

“할머니.”

문을 열고 나온 김기용이 슬리퍼를 신고 마당을 가로지른다.

"으응, 할머니한테 갔구나."

안심하는 것 같으면서도 어딘가 쓸쓸한 여운이 남는 목소리. 그때 김기용은 문을 나와 고추밭 가의 바위 위에 앉았다. 삼방은 숲. 아래쪽으로 구불구불 뻗친 길만 희미하게 드러났다. 포장된 길이 아니고 경운기나 다니는 흙길이라 바퀴가 지난 자리가 두 줄로 그어졌다.

"난 가게에 나간 줄 알고."

순미 누나가 가만가만 말한다.

"옆에 할머니 계셔?"

"아니, 집 밖으로 나왔어."

김기용이 주위를 둘러보며 말을 잇는다.

"산속이야."

"으응."

"누나, 그런데."

"응?"

"할머니한테 엄마 이야기를 하려고 내려왔는데 못하겠어."

"……."

"하루 종일 할머니하고 일만 했어."

"……."

"아마 이야기 하면 할머니는."

했다가 김기용이 길게 숨을 뱉는다. 다른 때 같으면 이런 말 안 했다. 상대가 누구라도 동정을 유발시킬 수 있는 이따위 대사는 뱉지 않았다. 이를 악물었다 푼 김기용이 혼잣소리처럼 말한다.

"정말 조까터."

"으응?"

하더니 순미 누나가 낮게 말했다.

"그래, 말하지마."

"이달 말에 서울 가신다는 거야."

"……."

"엄마 전화를 꺼놓았더니 통화도 못했다면서, 엄마하고 수진이를 데리고 내려 오신다는구만."

"……."

"정말 웃겨."

"……."

"뭐해?"

하고 김기용이 물었으므로 순미 누나가 깜짝 놀란 목소리로 되묻는다.

"으응? 나?"

하더니 말까지 더듬는다.

"나, 난, 침대에서, 자다가……."

"나, 면사무소에 갔다가 보건소까지 들렀다 온다."
아침을 먹고 난 할머니가 말하자 김기용은 머리를 들었다.
"떼는 어쩌구?"
"다녀와서 할란다, 하루 늦으면 어뗘?"
밥상을 들고 나가면서 할머니가 혼잣소리처럼 말한다.
"누워있는 송장은 떼입히건 말건 상관 안혀. 밖에서 산 놈들이 체면 때문에 지랄 하는 거제."
"갑자기 면사무소는 왜?"
했지만 문이 닫힌 바깥에서는 대답 소리가 들리지 않는다. 할머니는 몸도 마음도 빠른 노인이다. 기어코 어머니를 이혼시킨 것을 봐도 그렇다. 한번 말을 뱉으면 꼭 끝을 낸다는 것이다. 그래서 아래쪽 마을 할마씨 중에서 척진 사이도 있지만 가까운 사이도 많다고 했다. 할머니가 아랫마을 쪽으로 내려가자 김기용은 해를 올려다보았다. 산골에 온지 이틀밖에 되지 않았지만 시간을 알려고 해를 보게 되었다. 해는 중천 아래쪽. 오전 10시쯤이다. 떼가 두 번 짐 분량쯤 남아 있었으므로 김기용은 점심 무렵까지 다 묘에 올려놓기로 마음을 먹었다. 집에 혼자 남게 되자 오므라들었던 심장이 좀 펴진 것 같다. 그래서 마루에 앉아 신발 끈을 매면서 커다랗게 말했다.

"엄마, 할머니하고 여기 있을 거야?"

머리를 돌려 방에 대고 묻는다.

"수진아, 할머니가 널 여기 학교로 전학시킨다는데."

다시 커다랗게 말한 김기용이 허리를 펴고 일어섰다.

"할머니랑 여기서 셋이 살면 좋겠지? 내가 놓고 갈까?"

마당 뗏장 옆에는 거적과 나일론 줄로 만든 멜빵이 놓여졌
다. 거적에 뗏장을 옮겨 담으면서 김기용이 말을 잇는다.

"놓고 갔다가 할머니가 열어보면 어떻게 하지? 어디 숨겨
놓기 좋은 곳이 있을까? 할머니가 찾지 못하는 곳 말야."

집안에서는 아무소리가 들리지 않는다. 이윽고 입맛을 다
신 김기용이 입을 다물고는 거적에 멜빵을 둘러매었다.

"아이고, 오셨어요?"

40대 초반의 김 서기는 아랫마을 안동 댁의 둘째 아들인데
분가해서 보은읍내의 아파트에 산다. 그래서 할머니 장 말순
을 보면 인사가 깍듯했고 다른 일 젖혀놓고 일을 맡아주었다.
오늘도 면사무소에 들어선 할머니를 보더니 자리에서 일어나
다가왔다.

"내가 면사무소 간다고 했더니 자네 엄니가 자네 갖다 주라

고 이걸 주데."

할머니가 들고 있던 보자기를 김 서기에게 내밀었다.

"고추장 떨어졌대며? 고추장여."

"아이고, 무거우셨을 텐디."

고추장 단지를 내려놓은 김 서기가 허리를 굽혀 절을 했다.

"근디, 무슨 일이신디요?"

그러자 할머니가 주위를 둘러보면서 떠들썩한 목소리로 말한다.

"내가 서울사는 내 딸허고 손녀 딸을 여기로 이전 시킬라는디, 어치케 허면 좋은가?"

"여기로 말씀입니까?"

우선 손으로 땅바닥을 가리켜 보인 김 서기가 정색하고 할머니를 보았다.

"애기 엄마는 그렇다고 치고 손녀딸은 핵교 댕기겠지요?"

"그럼, 여고 1행년여."

"뭐, 간단합니다."

김 서기가 마치 제가 해주는 일처럼 어깨를 펴고 말한다.

"전입신고만 하시면 됩니다. 지가 맡아서 책임지고 해 드리지요."

"서울에 손주 놈만 남어."

“아하.”

“내가 이달 말에 가서 데꼬 올턴디, 지금 수속헐 수 없을까?”

“그건 본인이 해야되는디.”

했다가 할머니 눈치를 살핀 김 서기가 사무실 안쪽으로 안내하며 말을 잇는다.

“우선 그럼 따님 서울 주소를 말씀 해보시지여, 지가 전입 수속을 싹 해놓고 있다가 오시는 즉시로 끝내 드릴테니께요.”

“음, 그려서 내가 갸 서울 주소를 여그 가져왔네.”

만족한 표정이 된 할머니는 김 서기가 권하는 소파에 앉더니 딸의 주소가 적힌 종이를 꺼내 내민다.

뗏장을 내려놓은 김기용이 목에 두른 수건을 풀어 얼굴의 땀을 닦는다. 해를 보니 11시는 되었다.

“선생님이 누구신지는 모르지만.”

뗴는 윗부분만 남기고 삼분지 이쯤 입혀졌는데 흙이 말라서 꼭 머리털이 빠진 머리통 같다. 김기용이 묘를 향해 말을 잇는다.

“남 시켜서 묘 가꾸고 저는 얼굴도 내밀지 않는 후손은 다 필요 없는 겁니다, 하긴.”

거적과 멜빵을 집어든 김기용이 발을 떼면서 말한다.

"죽어 누우면 아무것도 모른다고 할머니가 말씀 하시더군
요. 살아남은 사람들만 지랄하는 것이라고."

문득 방안의 배낭에 넣어둔 어머니와 수진이가 떠올랐으므
로 김기용이 길게 숨을 뱉는다.

"난 엄마하고 여동생을 메고 다닙니다. 선생님처럼 한곳에
둬야 할 텐데요."

"아니."

서울 노원구 상계동의 주소로 유선옥의 호적등본을 컴퓨터
로 받아본 김 서기가 와락 이맛살을 찌푸린다.

"이게 도대체."

투덜거린 김 서기가 다시 한 번 호적등본을 뽑아내더니 옆
에 앉은 9급 조선자에게 눈을 흘겼다.

"이거 아무래도 이상한데?"

"왜요?"

하면서 호적등본을 내려다본 조선자가 중얼거린다.

"멀쩡하잖아요? 유선옥, 사망, 4월 27일. 김수진 사망, 4월
22일. 잘 나왔구만요."

산길을 내려오던 김기용은 아래쪽에서 달려 올라오는 할머

니를 본다. 할머니는 두 팔을 흔들면서 뭔가 소리를 질렀는데 누구를 부르는 것 같기도 했다.

"할머니!"

하고 김기용이 불렀지만 멀다. 모퉁이를 돈 할머니의 모습이 보이지 않았으므로 김기용의 마음이 급해졌다. 뛰듯이 산길을 십여 미터 내려갔을 때 할머니의 모습이 나타났다.

"아이고오."

할머니가 지르는 소리가 노래 같기도 했다. 끝이 내려가면서 리듬이 붙여졌다.

"할머니!"

"아아이고."

그때 할머니가 머리를 들고 김기용을 보았다. 거리는 50미터쯤 되었을까? 그러나 또 바위가 앞을 가려서 할머니의 모습이 사라졌다.

"할머니! 왜 그래!"

김기용이 달려 내려가면서 소리쳤다.

"어디 아퍼?"

"아아이고오."

그때 나무둥치를 돌아서 할머니가 나타난다. 거리는 30여 미터. 할머니가 두 팔을 휘저으며 소리쳤다.

"아아이고 내 새끼야! 네 에미가 죽었구나, 아아이고."

그때 김기용은 우뚝 발을 멈췄으나 탄력 때문에 서너 걸음 더 닫다가 주르르 주저앉았다. 할머니가 소리 지르며 올라온다.

"아아이고 내 새끼야. 수진이도 죽었단 말이냐! 아이고, 어쩌끄나."

김기용은 도망치려고 주저앉은 채로 몸을 틀었다. 그리고는 기어서 두 발짝쯤 앞으로 나간다음 몸을 세웠다.

"내 새끼야! 내 불쌍 헌 새끼야! 그려서 이 할미를 찾아 왔구나!"

김기용은 머리끝이 곤두섰다. 그리고는 냅다 뛰었지만 다리에 힘이 풀려 허둥거린다. 할머니의 목소리가 바로 뒤로 다가왔다.

"아아이고, 내 불쌍헌 새끼야!"

그 순간 김기용은 소나무 등치를 부둥켜안고 멈춰 섰다. 어느새 눈물이 흘러내린다. 그때 다가온 할머니가 김기용의 허리를 감싸 안는다.

할머니와 손자가 산길에 나란히 앉았다. 길을 막고 앉았지만 오가는 사람도 없고 벌레 소리도 들리지 않는 산중이다.

둘은 아래쪽에 시선을 준채 이제는 입을 다물었다. 얼굴도 말짱하다. 둘 다 눈의 흰 창이 조금 충혈 되어 있을 뿐이다. 이윽고 할머니가 다시 입을 열었다. 그러나 시선은 여전히 아래쪽 골짜기를 향해져 있다.

“그러면 뼛가루는 어떻게 했냐?”

“뿌렸어.”

김기용이 바로 대답한다. 묻기를 기다리고 있었던 것 같다.

“그냥 길가에다.”

“잘했다.”

할머니가 억양 없는 목소리로 말한다.

“허기사 갸들 한티 정든 땅이 있었겠냐? 다 눈물 떨쿤디 뿐이겄지.”

“……”

“잘했다, 뼛가루가 펄펄 날아서 지들 좋은 곳으로 가겄제.”

“……”

“그나저나 수진이 그년이 불쌍혀서 어쩌끄나, 어이고오.”

할머니가 손바닥으로 산길을 두드렸지만 얼굴은 멀쩡했다. 말도 또렷하고 아이고오 소리는 노래 같다.

“지 엄니 돈 벌게 혀 준다고 나가서 그 꼴이 되다니, 어어이고.”

“······.”

“아이고, 이 썩을 년. 근다고 기용이 냄기고 목을 매다니, 이 천하의 몹쓸 년.”

“······.”

“네 이년, 이 에미 가슴 찢어지거나 말거나 에미 생각은 안 혔구나, 어이이고.”

김기용은 다시 할머니의 사설이 계속되는 동안 멀거니 골 짜기를 내려다보면서 가만있었다. 해가 중천에서 좀 기울었 다. 오후 두 시쯤 된 것 같다. 그럼 배낭에 든 어머니하고 수 진이는 도로 가져가는 수밖에 없다. 본래 할머니하고 상의해 서 유골 상자를 처리할 생각이었지만 이곳에 와서 생각이 바 뀌었다. 당분간은 함께 있어야 될 것 같다. 도저히 혼자 있 지는 못하겠다. 어차피 할머니 옆을 떠나야 한다는 생각을 하니까 그렇다. 머리를 든 김기용이 하늘에 구름 한 점 떠있 지 않은 것을 보았다. 할머니의 사설이 골짜기에 부딪쳐 맑 게 울린다.

“안 된다.”

할머니가 대번에 말한다. 방금 김기용한테서 오늘 서울로 올라가겠다는 말을 들은 것이다. 눈을 크게 뜬 할머니가 김기용을 노려보았다.

"가서 뭐 허게? 너, 핵교도 그만 두었다며? 인자 돈 벌 필요도 없응개 나 허고 살자, 넌 못 간다."

"할머니."

김기용이 말을 잇기 전에 심호흡부터 한다.

"학교 그만 둔 것이 아니라 휴학 한 거야, 다시 다녀야 한다구. 그리고 나, 여기서 할머니가 해주는 밥만 먹고 살수는 없어, 내가 집에서 기르는 닭이야?"

몇 년 전인가 김기용이 왔을 때 할머니는 닭을 몇 마리 기르고 있었다. 그리고 김기용 왔다고 닭을 잡아 죽였다. 마루에서 해를 보니 오전 10시쯤은 된 것 같다. 어젯밤은 일찍 잠자리에 들었는데 할머니 방에서 끊임없이 이어지는 넋두리 때문에 새벽이 되어서야 잠이 들었던 것이다. 그때 할머니가 말했다.

"니 애비 되는 놈은 만났냐?"

순간 긴장한 김기용이 할머니를 보았다. 할머니의 주름살 투성이의 얼굴이 마치 굵은 소나무처럼 느껴진다.

"아니, 내가 왜?"

"그럼 그놈은 이 일을 몰러?"

"모를 거야."

그래놓고 김기용이 한마디씩 힘주어 말을 이었다.

"내가 말 안 했으니까."

"연락은 왔어?"

"응."

"왜?"

그러자 김기용이 어깨를 늘어뜨리면서 길게 숨을 뱉는다.

"그냥."

"니 엄니한티도 했을 텐디."

"엄마 전화는 꺼 놓았으니까."

"그, 벼락을 맞아 디질 놈."

할머니가 김기용처럼 한숨을 쉬고 나서 말을 잇는다.

"잘혔다, 그라고 넌 여그서 나 허고 며칠 더 있다가 가그라."

"할머니."

마침내 김기용이 정색하고 할머니를 보았다.

"집 내놨어. 내일 짐 옮기는 날이어서 그래. 내가 올라가서 짐 이곳으로 옮겨 올게."

"응? 집을? 짐을 이리로?"

놀란 할머니가 한마디씩 묻더니 짐을 이곳으로 옮긴다는 말에 감동을 받은 것 같다. 할머니가 크게 머리를 끄덕였다.

"그려, 그려야지. 니 혼자 거그서 어뜨케 살긋냐? 오냐, 잘

했다. 그럼 나 허고 같이 올라가자.”

“아냐, 아냐.”

김기용이 손을 저었다.

“내가 혼자 충분히 할 수 있어. 이삿짐센터가 다 해주니깐.”

그리고는 서둘러 덧붙인다.

“할머니는 여기서 받을 준비나 해.”

할머니는 아랫마을 버스 정류장까지 따라 나왔다. 오다가 마을 노인 세 명을 만났는데 그들한테 일일이 김기용을 인사 시키느라고 시간이 꽤 걸렸다. 노인들이 인사만 받는 게 아니라 어머니 안부네 신상까지 물어대었기 때문이다. 경운기를 타고 오던 노인은 아예 발동기를 꺼놓고 서울 흑석동에 산다는 셋째 딸 이야기를 늘어놓는 통에 버스를 놓쳐 버렸다. 20분 후에 온다는 다음 버스를 기다리면서 할머니가 말한다.

“기용아, 기운 내 그라 잉?”

버스 정류장에는 조손 둘 뿐이다. 둘은 하나밖에 없는 플라스틱 벤치에 나란히 앉아 있었는데 앞쪽에는 짙은 숲에 쌓인 산이 가로 막았다. 산 밑으로 얕은 개울이 흐른다. 할머니가 말을 잇는다.

“엄니 원망 허지 마라, 니 엄니가 오죽 허면 자식 두고 갔겄냐?"

"내가 병원에 가자고 했거든."

김기용이 산을 바라본 채 말했다.

"정신과에."

"에이구!"

길게 숨을 뱉은 할머니가 말을 받았다.

"지 딸년 뼛가루를 모셔다놓고 주절거렸으니 당연하제, 니가 잘 헌 거다."

할머니한테 그 이야기는 했던 것이다. 그때 할머니가 머리를 돌려 김기용을 보았다. 어느덧 두 눈이 번들거리고 있다. 꼭 생선가게에서 물에 젖은 생선의 눈 같다는 생각이 든다.

"너, 갸들 뼛가루 뿌렸재?"

"응."

시선이 옆에 놓인 배낭으로 옮겨지려는 것을 꾹 참으면서 김기용이 머리를 끄덕였다. 안 된다, 못 뿌린다.

6장 아버지

고시원에 입주한지 사흘째가 된다. 짐만 내려 보내고 전화를 했더니 할머니는 나무라지 않았다. 예상하고 있었던 것 같다. 다만 하루에 한번 씩 꼭 전화 하라고 했다. 그래서 어제부터 할머니한테 전화를 해오고 있다. 그제 하루는 전화를 못했는데 전화기를 바꿨기 때문이다. 전화기만 바꾼 게 아니라 번호도 바꿔버렸다. 그리고는 새 전화번호를 몇 사람한테만 알려 주었다. 물론 새 휴대폰의 단축 다이얼 2번은 순미 누나다. 3번은 박남철 형, 서윤아 전번은 단축다이얼에 넣을까 하다가 지워버렸다. 끝이다. 목포에 내려갔을 때 칼로 찌르겠다고 한 후부터 아버지는 전화를 안 했다. 전화기를 바꾼 것은 아버지를 피하기 위해시가 절대 아니다. 메시지 등을 다 지웠지만 그곳에 남은 수많은 흔적이 싫었기 때문이다. 특히 어머니의 목소리, 수진의 목소리까지 저장되어 있다. 그것하고 유골 박스하고는 다르다. 유골 박스는 마치 집 같고 베개 같기도 하다. 고시원 방에서 유골 박스 두 개를 나란히 놓고 그 위에 담요를 덮으면 머리에 딱 맞는 베개가 된다. 가슴이 가라앉는다. 그러나 휴대폰은 귀에 붙일 때마다 찐득거리는 느낌이 왔다. 싫은 것이 아니라 가슴이 미어진다. 마치 살아있는 유령 같은 느낌이다. 수시로 나타나면 어떻게 살아? 하는 심정으로 휴대폰을 바꾼 것이다.

다시 일상이 계속 되었다. '그리스'는 여전히 장사가 잘 되었으며 웨이터 박남철의 성가도 높아졌다. 박남철의 전속 보조인 김기용한테도 단골이 생겼는데 30대의 기혼 여자 두 명이다. 산전수전 다 겪은 여자들이라 어수룩한 김기용이 오히려 점수를 딴것 같다.

"3호실에 발렌타인 30년이다."

박남철이 주방 앞에 서있는 김기용에게 다가와 말한다. 오전 2시 반. 이 시간에 발렌타인 30년은 드문 일이다. 이곳에서 30년은 병당 1백만 원을 받는다.

"서둘러, 두 놈이 점수 따려고 눈이 뒤집혔다."

박남철은 신바람이 났다. 3호실 매상은 이제 5백이 넘는다. 단골손님이었으므로 박남철 몫은 30%, 150이다. 술을 들고 3호실로 들어선 김기용에게 오 사장이 말한다. 오 사장이 오늘 물주다.

"야, 미스터 김. 이분 화장실로 안내해 드려."

오 사장이 가리킨 여자 손님은 깜짝 놀랄만한 미인이었는데 술에 취했다. 얼굴이 하얗게 굳어졌고 눈동자의 초점이 잡히지 않는다. 이 정도면 걷기도 어렵고 잘못 건드리면 오바이트를 한다. 그리고 김기용의 예상이 적중했다. 여자를 부축한 김기용이 복도 끝의 여자화장실에 겨우 닿은 순간이다.

"왜애액."

여자가 한 무더기의 오물을 토했다. 그것도 정통으로 김기용의 배에다 대고. 지나던 웨이터가 오만상을 찡그리고 김기용을 보았다.

"야, 치워, 빨랑."

김기용이 먼저 여자를 화장실 안으로 데리고 들어갔다. 그때 여자가 다시 한 무더기의 오물을 제 스커트에다 쏟아 내었다.

"아이구, 드러."

화장실에 있던 여자 하나가 비명을 지르면서 도망 나갔다. 김기용은 구석에 놓인 걸레를 들고 오물을 치우기 시작했다.

먼저 여자 스커트에 묻은 오물을 털어내고 물로 씻는다. 그리고는 바닥을 치우고 나서 제 몸에 붙어있는 오물을 털어내었다. 그동안 안으로 들어서던 여자 둘이 도로 나간다. 그때였다.

"미안해요."

김기용이 닦고 씻는 동안 구석에 쪼그리고 앉아있던 여자가 말했다. 머리를 든 김기용이 여자를 보았다. 이제는 여자가 초점이 잡힌 시선으로 김기용을 본다.

"그리고 고마워요."

여자가 다시 또렷하게 말했다.

그로부터 30분쯤이 지난 오전 3시경에 홀의 빈자리를 치우고 있던 김기용에게 박남철이 다가왔다.

"야, 나가봐. 너, 찾는다."

눈을 크게 뜬 박남철이 얼굴을 일그러뜨리며 웃는다.

"3호실 오 사장, 물 됐어. 아까 너한테 오바이트한 기집애가 너 찾아."

"왜요?"

"현관 앞에 벤츠가 와있다."

그러더니 김기용의 어깨를 밀었다.

"왜가 왜야? 아마 세탁비 줄 거다."

이번에는 무릎으로 김기용의 엉덩이를 치면서 웃는다.

"자식이 여복이 있다니까?"

옷을 몽땅 버렸기 때문에 갈아입느라고 여자가 어떻게 되었는지 몰랐던 김기용이다. 밖으로 나온 김기용은 현관 앞에 주차되어 서있는 은색 벤츠를 보았다. 그때 벤츠의 뒷유리가 내려지더니 여자의 얼굴이 드러났다. 여자가 손을 흔들어 오라는 시늉을 한다. 김기용이 다가가 섰을 때 여자가 봉투를 내밀며 말한다.

"아까 미안했어요, 이거 세탁비."

"아닙니다."

김기용이 몸을 뒤로 젖혔지만 여자의 팔은 그만큼 더 밖으로 뻗어 나온다.

"어서요, 받지 않으면 실례예요."

김기용은 심호흡을 한다. 그 말이 맞다. 세탁비는 받아야 되겠다.

"감사합니다."

먼저 인사부터 한 김기용이 두 손으로 봉투를 받자 여자는 얼굴을 펴고 웃는다. 그러더니 뒷유리가 올라가면서 벤츠는 소리 없이 앞을 떠난다.

"어이구, 시바."

1백만 원권 수표를 쥔 박남철이 눈을 치켜뜨고 김기용을 보았다. 봉투 안에는 1백만 원권 수표 한 장이 들어있었던 것이다.

"너, 그 지지배가 누군지 아냐?"

물론 알 리가 없는 김기용이 눈만 껌벅였고 박남철이 제 말에 제가 대답한다.

"대한그룹 윤 회장의 셋째 딸이여."

대한그룹은 안다. 한국의 재벌그룹. 박남철이 말을 잇는다.

"오 사장 저놈이 작업을 걸었다가 당한 셈이지, 오바이트로."

박남철이 쓴웃음을 짓고는 김기용에게 수표를 내민다.

"네 거야, 네가 써."

"형이 반만 주세요."

머리를 젓은 김기용이 정색했다.

"더 이상 봐주지 마세요."

그러자 박남철이 큭큭 웃었다. 그리고는 수표를 제 주머니에 넣고 말한다.

"이짜식이 정말 귀엽게 논단 말이야, 그러니까 그 기집애가 돈 주고 가지."

그러고는 김기용의 어깨를 주먹으로 쳤다.

"아침에 내가 50 줄게."

순미 누나는 매일 전화를 걸어오다가 이틀에 한번으로 줄어들었고 한 달이 지났을 때는 일주일에 두 번 정도가 되었다. 그동안 낮에 세 번 만났는데 두 번 섹스를 했다. 한번은 모텔에서, 한번은 고시원에서였다. 가는 날이 장날이라고 항상 낮에는 비어있던 옆방에 사람이 들어서 그날 죽을 고생을 했다. 순미 누나의 입을 수건으로 막았다가 질식할 뻔 했던 것이다. 오후 3시 반. 잠에서 깨어난 김기용이 고시원 쪽방에 반듯이 누워 천장을 본다. 주위는 조용했다. 차량의 소음이 희미하게 울릴 뿐이다. 쪽방의 방음장치가 잘 되어있기 때문이 아니라 안쪽에 위치해서 그렇다. 가로 1.5미터, 세로 2미터짜리 쪽방. 반듯이 누우면 방에 꽉 차는 느낌이 들어서 답답한 것이 아니라 오히려 안정감이 든다. 외로움이나 두려움 따위가 비집고 들어올 공간도 없는 것이다. 이렇게 누워 있으면 김기용은 이곳이 묘 안 같다는 생각을 자주 한다. 특히 잠에서 깨었을 때 그런 느낌을 자주 받는다. 순미 누나가 쪽방 구경을 꼭 해야겠다고 졸라서 데리고 왔을 때 자꾸 좁은 방안을 둘러보았다. 뭘 찾느냐고 물었더니 순미 누나는 얼굴을 붉

히며 우물거리다 말았는데 아무래도 같은 느낌을 받은 것 같
다. 앞쪽 접었다 펴는 식탁 겸 책상 밑에다 어머니와 수진의
유골 박스는 담요로 말아서 숨겨 놓았다. 만일 누가 뭐냐고
물으면 어머니 화장품이 들었다고 할 작정이다. 순미 누나가
이곳에 온 것이 딱 일주일 전이다. 그 후로 어제 전화가 한번
왔을 뿐이니까 이번에는 엿새에 한번 전화를 한 셈이다. 방바
닥에 놓인 휴대폰이 진동으로 떨면서 제자리에서 돌았다. 마
치 총에 맞은 커다란 벌레가 마지막 경련을 일으키는 것 같
다. 휴대폰을 집어든 김기용이 머리를 기울였다. 박남철이었
기 때문이다. 그러나 서둘러 휴대폰을 귀에 붙인다.
　“예, 형.”
　“너, 말야.”
하고 박남철이 조금 주저하는 기색을 보이더니 말을 잇
는다.
　“조금 전에 홀에서 전화를 받았는데.”
　“예? 홀에서요?”
했다가 그것이 ‘그리스’의 낮 당번을 말하고 있다는 것을 알
았다. ‘그리스’는 낮에 용역회사 직원들이 경비를 선다. 눈썹
을 모은 채 긴장한 김기용의 귀에 박남철의 말이 이어졌다.
　“널 찾는단다.”

"누가요?"

"글쎄."

했다가 박남철이 입맛 다시는 소리를 내고나서 말했다.

"적십자 병원에서 연락이 왔는데 거기에 네 아버지라는 분이 입원해 있다는 거야."

"……."

"김동균 씨 맞냐?"

"예에."

"어어, 맞구만."

다시 입맛을 다신 박남철이 입을 열었다.

"알코올 중독에다 행려 환자로 쓰러져 있는 걸 데려 왔단다. 주거부정, 주민증도 없고 해서 걍 나뒀는데……."

"……."

"'그리스'에서 일하는 아들이 있다고 했다는군. 네 이름을 대고 말이야."

"……."

"근데 너, 아버지하고 사이 안 좋아?"

"……."

"네 부모가 이혼 했다는 건 아는데, 어쩔래? 니가 싫다면 내가 걍 문댈테니까."

“…….”

“낮 당번 하는 놈들이 이리저리 알아보았다가 결국 니가 내 보조라는 걸 듣고 나한테 연락해온 건데, 니 전번은 아는 사람이 없고.”

“…….”

“어쩔래?”

다시 박남철이 물었으므로 김기용은 어쩔 수 없이 입을 열었다.

“알았어요, 제가 알아서…….”

“그런 놈은 없다고 할까?”

불쑥 그렇게 묻고 난 박남철이 곧 제 말에 결론을 내렸다.

“그러지, 뭐. 일단은 오리발을 내놓겠다. 그러고 나서 니가 알아서 해.”

그러나 , 그날은 평소와 마찬가지로 가게에 나가 일을 했다. 박남철도 어떻게 했느냐고 묻지 않았다. 오전 3시. 한가한 틈을 타서 김기용은 순미 누나한테 전화를 한다. 순미 누나는 오늘까지 8일째 연락도 없다. 버튼을 누른 김기용은 휴대폰을 귀에 붙이고는 신호음을 세었다. 그리고는 열네 번이 울렸을 때 휴대폰을 귀에서 떼었다. 이런 일은 처음이다. 신

호음이 열 번 울린 적도 없었다. 가장 늦었던 때가 여덟 번인
가 되었다. 그때도 순미 누나가 화장실에 있었을 때였다. 보
통 다섯 번 안에서 연결이 되었던 것이다. 휴대폰을 주머니에
넣은 김기용이 망연해진 표정으로 앞쪽 벽을 보았다. 아버지
의 소식을 듣고 심란해졌기 때문에 연락을 해본 것이다. 그렇
다고 아버지 문제를 상의하려는 건 아니다. 그저 순미 누나의
목소리를 듣고 싶었다. 그러면 위안이 되었으니까.

오전 11시 반. 김기용은 적십자병원 B동 5층의 복도에 서
있다. 복도 건너서 대각선으로 보이는 514호실에 아버지가
누워있는 것이다. 6인실, 행려환자만 들어있는 방인데 지금
안에 있는 세 명중 하나다. 담당 간호사는 환자의 알코올 중
독 증상이 심해서 가끔 발작을 일으키는 바람에 묶어 놓았다
고 했다. 중태, 김기용이 아들이라고 밝혔더니 친절하게 자료
까지 찾아보면서 설명을 해주었다. 중환자실에서 일반실로
내려왔지만 너무 쇠약해진 상태라 언제 어떻게 될지 알 수 없
다고 했다. 설명을 다 마친 나이든 간호사가 아버지 만나 봐
도 좋다고 했지만 김기용은 들어가지 않고 이렇게 복도에 서
있다. 간호사도 뭔가 물을 듯 주춤거렸다가 김기용을 놔두고
가버렸다. 등에 멘 배낭이 갑자기 무겁게 느껴졌다. 배낭 안

에 넣어둔 식칼을 의식하기 때문일 것이다. 그렇다, 그때 바닷가 민박집에서 아버지 전화를 받을 때는 식칼을 지니고 있지 않았다. 집에 있던 식칼을 떠올리며 거짓말을 했다. 그러나 서울로 올라왔을 때 김기용이 가장 먼저 한 일은 가방에 식칼을 챙겨 넣은 것이었다. 그 후부터 식칼을 빠뜨리고 다닌 적이 없다. 복도는 간호사와 의사, 환자 가족으로 보이는 지친 표정의 남녀가 가끔 다닐 뿐 한산했다. 5층은 무연고 행려 환자가 수용되어 있기 때문일 것이다. 배낭을 벽에 붙인 채 기대선 김기용은 우두커니 514호실을 본다. 입원실 문은 열려있지만 이쪽에서는 안이 안 보인다.

"날 왜 찾는 거야?"

김기용이 팔짱을 끼면서 열려진 문을 향해 묻는다.

"또 돈 내라는 거야?"

"아니면 죽을 때가 되니까 무서워서?"

"엇따 묻어 달라고?"

했다가 머리를 젓는다.

"그럴 순 없어. 내가 화장까지는 시켜줄게. 그리고 뼛가루는 그 자리에서 뿌려 버릴 거야."

마침 간호사 둘이 앞을 지나갔으므로 김기용은 입을 다물었다가 말을 잇는다.

"엄마하고 수진이랑 같이 있으면 내가 안정이 돼. 쓸데없는 욕심은 안 부리는 게 나아."

"당신이 끼어들면 엄마랑 수진이가 불편해, 나도 그렇고."

"기분이 그렇단 말이지, 내 기분이."

"다행이야."

팔짱을 푼 김기용이 벽에서 등을 뗀다.

그리고는 심호흡을 하고나서 514호실을 향해 발을 옮겼다.

"당신이 죽게 되어서 이젠 식칼을 내버려도 되겠어."

방으로 들어선 김기용은 아버지를 보았다. 아버지만 침대에 묶여 있는데다 그중 젊었다. 다른 두 사람은 머리가 허연 노인이다. 그리고 두 노인은 눈을 감고 있었는데 아버지만 눈을 뜨고 있다. 김기용이 다가가 서자 눈동자가 움직였다. 그리고는 김기용과 시선이 마주쳤을 때 입술이 조금 벌려졌다. 말랐다. 광대뼈가 나왔고 볼이 홀쭉했다. 그러나 눈썹과 콧날, 찌푸린 이맛살은 그대로다. 양쪽 팔과 종아리를 가죽으로 감싸 침대에 묶어 놓아서 꼼짝달싹 못하게 되어있다. 병실 안은 조용하다. 복도도 조용하다. 노인 둘은 숨소리도 내지 않는다. 죽었는지도 모르겠다. 아버지도 시선을 준 채 꼼짝하지 않는다. 입도 어느새 닫쳐져 있다. 이윽고 김기용이 먼저 입을 열었다.

"왜 날 찾았대?"

아버지는 가만있다. 김기용이 팔짱을 끼고 어깨를 부풀렸다.

"찾아서 뭐 할려구?"

그때 아버지의 눈이 한번 껌벅였다. 그뿐이다. 김기용이 말을 잇는다.

"죽을 때 되니까 겁나?"

껌벅.

"아직도 돈 달라고?"

껌벅.

"엄마 괴롭힐 일 또 있어서?"

껌벅껌벅. 하고 이번에는 아버지가 두 번 눈을 떴다 감았으므로 김기용은 이를 악문다. 갑자기 가슴 속에서 뭔가 미어져 나오는 것 같았기 때문이다. 김기용이 침대에 바짝 붙었다.

"내가 가만있으려고 했는데 이렇게 연락까지 해 줬으니까 사실을 말할게."

아버지는 이제는 눈도 껌벅이지 않는다. 김기용이 똑바로 아버지를 내려다보았다.

"서비스야."

"……."

"특별 서비스."

"……"

"로또 당첨은 아냐."

'은'을 강조하고 난 김기용이 눈을 가늘게 뜨고 웃는다.

"당신 샌드백이 없어졌어."

"……"

"샌드백은 목을 매고 죽었어."

아버지가 다시 두 번 눈을 껌벅인다.

"그전에 수진이가 죽었어."

아버지는 가만있다.

"둘 다 화장시켜서 내가 유골을 갖고 다녀."

아버지는 숨도 쉬는 것 같지가 않다.

"그래서 내가 임대 아파트 내놓고 나온 거야. 엄마하고 수진이 유골만 갖고 말이야."

"……"

"당신 죽으면 화장 시킬게. 하지만 그 유골은 길에다 뿌릴 거야."

그리고는 김기용이 한 걸음 뒤로 물러섰다.

"이상 끝."

한걸음 더 물러서면서 김기용이 얼굴을 펴고 웃는다.

"이제 안와."

그리고는 김기용이 몸을 돌린다. 아버지 표정은 이제 볼 필요도 없다.

고시원에 돌아온 김기용은 꿈도 꾸지 않고 곤하게 잤다. 잠에서 깨었을 때는 오후 4시. 고시원 안은 조용했다. 방바닥에 놓인 휴대폰에 메시지 표시가 깜박이고 있었다. 누운 채로 휴대폰을 켠 김기용이 수신 메시지 버튼을 누른다. 예상 했던 대로 순미 누나의 메시지. 음성으로 왔다. 버튼을 누르자 눈앞에 들고 있는데도 순미 누나의 목소리가 방안에 가득 차버렸다.

"기용아, 미안해. 나, 요즘 바빠서 새벽에는 자거든. 전화 자주 못해서 정말 미안해."

미안한 감정이 가득 담겨진 목소리였다. 순미 누나는 이제 복학해서 학교에 다닌다. 두 학기만 다니면 졸업인 것이다. 그러니 새벽 3시에 전화 주고받는 부류에서 벗어났다. 순미 누나의 말이 이어진다.

"과제가 많고 예습 복습해야할 것도 쌓여 있어서 말이야. 1년 쉬다가 다시 책잡으니까 정신이 하나도 없어. 뒤떨어지기는 싫고 말이야. 제대로 취직을 하려면 학점도 잘 받아야 돼."

김기용은 눈앞에 들고 있는 휴대폰을 물끄러미 보았다.

"그럼 시간나면 다시 연락할게."

그리고는 메시지가 끝났으므로 김기용은 휴대폰을 내려놓는다. 이것도 예상은 했다. 목포에 갔다온지 오늘로 55일째가 된다. 한 달 25일, 아마 순미 누나는 날짜 따위는 세어보지도 않았을 것이다. 대충 석 달, 휴대폰 단축번호에서 진즉 사라진 서윤아도 석 달이었다. 서윤아는 손만 겨우 잡았을 뿐이지만 다 마찬가지, 석 달 이상 가는 경우는 없다.

옷을 챙겨 입은 김기용이 탁자 밑에 담요로 싼 어머니에게 말한다.

"나, 잘 했지?"

그러더니 덧붙였다.

"병원에 간 것 말야."

눈을 껌벅이며 대답을 기다리는 표정을 짓던 김기용이 길게 숨을 뱉는다.

"엄마하고 수진이 얘기 다 해버렸어."

그리고는 3초쯤의 간격을 두고 말을 이었다.

"그 말을 듣고 가만있더구먼."

"죄책감을 느낄 인간이라면 애초에 그랬겠어?"

"날 찾은 건 죽을 것 같으니까 겁이 났던 것 같아."

"내가 지난번에 칼 갖고 다닌다고 했더니 싹 사라졌다가 지금 나타난 거야."

"다 죽게 되어서 말이야, 중태래."

"몸도 묶였어, 알코올 중독으로 발작을 해서."

"엄마하고 수진이는 나하고 같이 있을 것이지만 당신은 화장해서 길바닥에다 뿌린다고 했어, 잘했지?"

"아주 속이 시원했어."

쓴웃음을 지은 김기용이 몸을 돌리며 말한다.

"죽을 때까지 안 간다고 했어."

"즐겨."

오전 4시. 오늘은 룸 손님이 새벽에 두 팀이나 들어와서 바빴던 김기용이 주방 앞에서 한숨 돌리고 있을 때 박남철이 다가오더니 뜬금없이 말한다. 김기용의 시선을 받은 박남철이 피식 웃었다.

"인마, 즐기고 살란 말이다. 집착하지 마."

박남철은 무식하게 놀지만 머리가 있는 인간이다. 수도대학 체육과에 레슬링 특기생으로 입학했다가 허리를 다쳐 3학년 때 그만 두었다고 했다. 그리고는 지금 대한대 법대에 다닌다. 부지런하고 끈기가 있는 성품이다.

"인마, 너 요즘 순미 안 만나지?"

옆에 나란히 선 박남철이 담배를 입에 물며 묻는다. 김기용이 서둘러 라이터를 켜 불을 붙여주자 박남철이 빨아들인 연기를 앞으로 품었다.

"걔, 요즘 복학생하고 만나더라. 내가 아는 선배인데, 경영학과 3학년. 집안도 빵빵한 놈이지. 우리하고 종자가 달라."

그리고는 김기용을 향해 이를 드러내고 웃는다.

"내가 그랬지? 기회 있으면 먹으라고. 그 가시내 먹었지?"

눈만 껌벅이는 김기용의 어깨를 박남철이 손바닥으로 철석 때렸다.

"잘했다. 먹고 터는 거야. 비긴 거다. 손해 보는 짓 하덜덜 말어."

"……"

"뭐가 손해 보는 짓인지 알지? 떠난 여자 생각하는 거다. 그것만큼 머저리 같은 짓이 없거등."

"……"

"공짜로 먹은 것만 생각해. 그만큼 돈 굳혔다고 생각하면 돼."

그러더니 피우다 만 담배를 김기용한테 건네주고는 서둘러

사라졌다. 순미 누나 이야기를 해주며 즐기라는 말을 했다.

오늘도 유선주는 맨발에 슬리퍼를 신었고 얼굴은 세수도 안 했는지 꺼칠했다. 주근깨가 눈 밑에 가득 덮여져서 병이 든 사람 같다.

"아, 시발."

차의 시동이 안 걸린다고 욕설을 뱉던 유선주가 힐끗 김기용을 보았다. 그때 차의 시동이 걸렸다. 어머니가 죽고 나서 다시 돈 가방 경호 역을 맡았을 때 유선주가 한마디를 해주긴 했다.

"참 안됐어."

그리고 보니 '참' 까지 딱 두 마디 말이다. 그리고는 지금에 이르도록 말 한마디 안 했다. 언제나 차에 같이 타고 은행에 갔다가 돌아오는 첫 사거리에서 헤어진다. 집을 나온 차가 사거리에서 신호에 걸려 멈춰 섰을 때 김기용이 머리를 돌려 유선주의 옆얼굴을 보았다.

"오늘 모텔 갈까요?"

그 순간 유선주가 눈을 크게 떴다. 놀란 듯 입까지 반쯤 벌려졌다. 그러나 말을 뱉지는 않는다. 그 와중에도 신호가 바뀐 것을 보더니 다시 차를 발진시켰다. 김기용이 다시 입을 열었다.

"섹스 하고 싶어요."

유선주가 차의 속력을 줄인다. 보통 때는 맹렬하게 몰았다. 앞차 뒤에 바짝 붙어서 김기용이 발에 힘을 줄 정도였다. 그러나 유선주는 은행에 닿을 때까지 입을 열지 않았고 김기용도 더 이상 말하지 않았다.

유선주는 침대에 엎드린 채 움직이지 않는다. 벌거벗은 등과 엉덩이 한쪽이 시트 밖으로 드러났다. 은행 일을 마친 유선주는 김기용을 차에 태우더니 바로 근처의 모텔로 들어온 것이다. 그리고 지금까지 말 한마디 없다. 말 한마디 하지 않고 벗고 섹스를 했다. 김기용도 마찬가지. 먼저 욕실에 들어간 김기용이 씻고 나왔을 때 유선주는 침대에 걸터앉아 담배를 피우는 중이었다.

"너, 무슨 일 있지?"

유선주가 그렇게 물었지만 외면하고 있다. 김기용이 창가의 플라스틱 의자에 앉으며 대답했다.

"아뇨."

"거짓말."

유선주는 씻지도 않고 옷을 다 입었다. 담배 연기를 내뿜은 유선주가 혼잣소리처럼 말한다.

"다 사연이 있지, 너나 나나."

그리고는 얼굴을 일그러뜨리며 웃는다.

"섹스에 굶주린 사연도."

머리를 돌린 김기용이 창밖을 보았다. 아직 한낮이어서 밖은 환하다. 바로 건너편 건물이 커튼 밖으로 환하게 드러났다. 당구장에서 당구를 치는 사람들의 혁대까지 분명하게 보인다.

"그나저나, 너 돈 줄까?"

유선주가 불쑥 물었으므로 김기용이 머리를 돌렸다. 처음으로 유선주의 시선과 마주쳤다. 주근깨로 가득 찼던 유선주의 눈 밑이 붉어져 있다. 꺼칠했던 얼굴도 생기가 덮여진 것 같다. 유선주가 이어 말했다.

"네가 돈 받는 것이 서로 떳떳할 것 같다. 우리 같이 뻔뻔해지자."

"주세요."

김기용이 말하자 유선주는 처음으로 웃는다. 주머니에서 10만 원권 수표를 꺼낸 유선주가 보라는 듯 세었나. 다섯 장을 센 유선주가 김기용에게 내민다.

"아주 좋았어."

"고맙습니다."

그때 다시 유선주가 쓴웃음을 지었다.

"그 말, 좀 있으면 자주 애용해주세요 할 얼굴이구나."

그러나 김기용은 따라 웃지 않는다.

요즘은 휴대전화 번호를 금방 바꿀 수가 있다. 다른 전화기를 사고 쓰던 전화기를 번호 채 반납 해버리면 되는 것이다. 고시원으로 돌아가는 길에 김기용은 휴대폰을 바꿨다. 그리고 쓰고 있던 휴대폰을 미련 없이 폐기시켰다. 그러고 보면 두 달 만에 두 개를 바꿨다. 지난번은 어머니와 수진 때문에 바꿨는데 이번에는 순미 누나 때문이다. 더 이상 구차한 음성 메시지를 남기게 하지 않으려는 것이다. 이제 번호가 바뀌었으니 순미 누나는 처음 얼마 동안쯤 당황하고 미안해하다가 잊게 된다. 전화번호를 지울 필요도 없는 것이다. 고시원으로 돌아온 김기용은 제일 먼저 할머니에게 바뀐 전화번호를 알려주었다. 지난번에는 잊어 버렸다고 했기 때문에 이번에는 물에 빠뜨렸다고 했다. 할머니는 야단을 쳤지만 꼼꼼하게 적고 확인 전화까지 하고 나서야 풀어주었다. 그 다음이 박남철. 박남철은 아무것도 묻지 않는다. 그런 인간이다. 옷을 벗고 오늘은 어머니와 수진을 베고 누운 김기용이 말한다.

"엄마, 할머니한테 갈까?"

그리고는 다시 삼 초 간격을 두고 말을 이었다.

"다 같이 말야."

"할머니, 놀라겠지?"

"엄마하고 수진이는 산에다 묻겠지?"

"나는."

그리고는 김기용이 눈을 감았다. 한참이나 눈을 감고 있어서 잠이 든 것 같았던 김기용이 다시 입을 열었다.

"나도 같이 묻히고 싶어."

진동으로 만들어놓은 휴대폰이 이번에는 더 세차게 제자리에서 돈다. 지난번 휴대폰은 죽기 전의 벌레 같더니만 이놈은 화난 것 같다. 눈을 뜬 김기용이 휴대폰을 집어 들었다. 발신자는 박남철. 오후 3시 반. 딱 두 시간을 잤다.

"예, 형."

김기용이 응답하자 박남철은 투덜거렸다.

"이 새끼, 또 너 찾는다, 병원에서."

"……"

"간호사라는데 네가 걸어봐."

하고 박남철이 전화번호를 불러주었다. 박남철도 자다가

깨었는지 금방 전화를 끊었으므로 김기용은 벽에 등을 붙이고 앉는다. 병원이라면 적십자 병원이다. 간호사한테 전화번호를 알려 주었지만 또 바꿨더니 다시 박남철을 찾은 것이다. 휴대폰을 바꿨다고 간호사한테까지 알려 줄 만큼 도량이 안 넓다. 물론 간호사가 미운 건 아니지만.

김기용의 전화를 받은 간호사가 대뜸 말한다.
"오세요, 찾으세요."
김기용이 가만있었더니 간호사가 차분하게 말을 이었다.
"와 보세요, 며칠 안 남으셨으니까."

입원실로 들어선 김기용은 눈을 감고 누워있는 아버지를 본다. 아버지 옆에는 의사 두 명이 서 있었는데 그중 나이든 의사가 김기용과 간호사를 번갈아 보았다. 그러자 간호사가 말했다.
"저기, 환자 아들입니다."
그러자 의사가 옆으로 조금 비끼어 섰다. 김기용한테 아버지 옆으로 다가서라는 표시였다. 침대로 다가선 김기용에게 나이든 의사가 말했다.
"정신이 왔다 갔다 하시는데."

지친 표정의 의사가 안경을 벗더니 눈을 꾹꾹 누르면서 말을 잇는다.

"임종 맞을 준비를 해요. 임종이 뭔지 아시지?"

"예에."

"많이 찾으셨다는데, 같이 안 살았나?"

"예에."

"가족이 나타나면 행려 환자는……."

그랬다가 입맛을 다신 의사가 몸을 돌리면서 말한다.

"몸이 너무 쇠약해져 있어서."

의사가 방을 나갔을 때 간호사가 김기용의 옆으로 의자를 밀어주었다.

"앉아요."

앉아서 기다리란 말이었다. 김기용이 의자에 앉자 간호사는 이제 할 일을 다 했다는 표정을 짓더니 소리 없이 사라졌다. 플라스틱 의자에 앉은 김기용이 방안을 둘러보았다. 노인 둘의 침대는 깨끗이 치워졌고 환자는 아버지 하나뿐이었다. 갑자기 방이 조용해지자 피부가 서늘해진 느낌이 왔다. 아버지는 반듯이 누운 채 숨소리도 내지 않는다. 팔에 꽂은 링거병에서 한 방울씩 떨어지는 약 방울 소리가 들리는 것 같다. 입맛을 다신 김기용이 의자를 돌려 비스듬히 앉았다. 뒤쪽 복도를 누군가 가벼운 발자국 소리를 내면서 지나갔다. 옆쪽 창으로 오후의 햇살이 비스듬히 비치고 있다. 햇살 속에 부연 먼지가 떠 있었는데 마치 흰 하늘의 은하계 같다는 생각이 들었다. 은하계는 아버지의 무릎 위에 펼쳐져 있다. 이제 아버지는 손발을 묶은 가죽 줄이 떼어진 상태였다. 가죽 줄은 마치 말의 안장 줄처럼 침대 밑으로 늘어져 있다. 떼어놓고 보니까 꽤 넓고 단단하게 만들어졌다. 오래 사용했는지 구멍 몇 개는 커졌고 안쪽에 때가 묻어 번들거린다. 김기용은 의자에 등을 붙이고는 눈을 감았다. 갑자기 피로가 몰려왔고 몸이 나른하게 느껴졌다. 오후 5시쯤 되었을 것이다. 한 시간쯤 더 기다리다가 아버지가 죽지 않는다면 일하러 가야겠다고 마음을 먹는다. 임종이 뭔지, 사람이 죽는데 꼭 옆에서 가족이랍시고 지켜본다는 것도 우습다. 봐서 뭘 한단 말인가? 할 말도 없고 들을 말도 없다. 무슨 영화 찍는 것도 아니고 우습지 않은가 말이다. 눈을 감은 채 입술을 비죽거린 김기용은 어느덧 잠이 들었다.

"기용아."

김기용은 꿈속에서 누군가가 부르는 소리를 듣는다. 자신은 목욕탕의 따뜻한 물 안에 들어가 눈을 감고 있는 중에 부르는 소리를 들은 것이다. 짜증이 났으므로 못들은 척했던 김기용에게 다시 부르는 소리가 들렸다.

"기용아, 일어나."

김기용은 눈을 떴다. 눈의 초점을 잡은 김기용은 그것이 아버지의 부르는 소리였다는 것을 안다. 아버지가 자신을 바라보고 있는 것이다. 푹 들어간 눈, 눈동자는 더 짙어진 것 같다. 그때 아버지가 입을 열었다.

"미안하다."

김기용이 눈만 치켜떴고 아버지가 말을 잇는다. 낮지만 또렷한 목소리다.

"너한테 미안하단 말이나 한마디 하고 떠날라고."

"……."

"미안하다."

"아, 됐어."

자리에서 일어난 김기용이 손목시계를 보는 시늉을 한다. 그냥 시늉만 해서 몇 시인지는 모르겠다.

"그럼 들었으니까, 나 갈께."

아버지는 이제 입을 다물었고 김기용이 몸을 놀리면서 말했다.

"내일 와 봐서 죽었으면 화장시켜 줄께."

　김기용은 발을 떼었다. 방문까지는 다섯 걸음밖에 되지 않았지만 너무 멀게 느껴졌다. 다리가 허둥거려서 들고 딛는 것이 영 어색했다. 마악 열려진 방 문 밖으로 나오려는데 뒤에서 웅얼거리듯이 아버지가 말한다.

"미안하다."

그것이 똑똑하게 들렸으므로 김기용은 이를 악물었다.

　병동 옆쪽에 뒷문으로 향하는 샛길이 있다. 뒷문으로 나가면 1차선의 좁은 길이어서 이쪽은 사람들의 통행이 적다. 정문으로 향하던 김기용이 갑자기 방향을 바꾸더니 샛길로 들어섰다. 그리고는 샛길 중간쯤에 만들어진 휴게실의 벤치에 앉는다. 벤치 하나만 달랑 놓였고 앞에 커다란 쓰레기통 겸용 재떨이가 놓여있을 뿐인 휴게실이다. 오후 6시가 지나있어서 주위에는 이미 짙은 그늘이 덮여졌다. 김기용은 벤치에 등을 기대고는 팔짱을 끼었다. 눈앞은 3미터 높이나 되는 시멘트 담장이다. 그래서 진회색 시멘트벽만 보인다. 주위는 조용했다. 소음은 진동으로만 울릴 뿐이다. 김기용은 숨소리도 내지 않고 눈도 깜박이지 않은 채로 앉아있다. 그렇게 얼마나 시간이 지났는지 모른다. 이윽고 김기용이 숨을 크게 들이켜더니 눈을 치켜떴다. 그리고는 입을 열었다.

“아버지.”

그때 눈에서 주르르 눈물이 흘러내렸다. 이를 악물었다 푼 김기용이 다시, 이번에는 좀 크게 부른다.

“아버지.”

눈물이 또 흘러내렸다. 그 순간이다. 김기용은 눈앞에 거대한 섬광이 번쩍인다고 느꼈다. 아무것도 보이지 않고 들리지 않는다. 자신은 빛에 둘러싸였다. 그때 김기용은 제 입에서 터져 나온 소리를 제 귀로 듣는다.

7장 산트로

“산트로”

다음 순간 김기용이 벤치에서 일어선다. 어느덧 섬광은 가서졌고 눈앞의 시멘트벽이 보인다. 진동 같은 소음도 귀에 울렸다. 김기용은 심호흡을 했다. 그러자 시고 찬 대기가 가슴을 깨끗하게 씻고 나간 느낌이 들었다.

“산트로라고?”

발을 떼면서 김기용이 혼잣소리로 스스로에게 묻는다.

“무슨 말이야? 내가 왜 그 말을 했지?”

머리는 맑았고 땅을 딛는 발에 힘이 느껴졌다. 정문 쪽으로 다가가던 김기용이 머리를 돌려 병동을 보았다. 이제 병동의 창에는 불이 밝혀져 있다.

"아이구머니."

입원실로 들어섰던 조양옥 간호사는 소스라치게 놀라 털퍼덕 바닥에 주저앉았다. 15년 간호사 생활에 처음 보는 일이었기 때문이다. 오늘밤을 넘기기 힘들 것으로 믿었던 환자 김동균이 창가에 서 있는 것이었다. 시체가 살아나 서있는 것이나 같았다. 놀라 눈과 입만 딱 벌린 채 주저앉은 조양옥을 향해 김동균이 묻는다. 그도 놀란 표정이다.

"괜찮으십니까?"

택시에 탄 김기용에게 운전사가 물었다.

"어디로 모실까요?"

머리를 돌린 운전사와 시선이 마주친 김기용이 대답한다.

"홍대 앞이요."

운전사가 머리를 돌렸을 때 김기용이 차분한 목소리로 말했다.

"강북 성심병원을 거쳐서 가죠."

"예?"

하고 운전사가 백미러로 김기용을 보더니 차의 속력을 높인다. 30대 중반쯤으로 보이는 운전사는 지친 표정이었다. 수염도 깎지 않았고 눈 주위에 그늘이 졌다. 차안에는 잠깐 정적이 덮여졌다. 김기용이 시트에 등을 붙이고는 눈을 감는다.
그리고는 차가 신호에 걸려 멈추어 섰을 때 김기용이 눈을 뜨
고 말했다.

"1411호실이죠?"

"예?"

또 외마디 소리로 물은 운전사가 백미러로 김기용을 본다.
눈이 둥그레져 있다. 김기용이 다시 묻는다.

"양선준이, 8살, 교통사고로 뇌를 다쳐 2개월째 혼수상태
지요?"

그 순간 운전사가 몸을 돌려 김기용을 본다. 부릅뜬 눈에는
물기가 고여졌으며 악문 입술 끝이 버들버들 떨리고 있다.

"나, 날 아시오?"

"신호 풀렸으니까 가세요."

김기용이 말하자 몸을 돌린 운전사가 거칠게 택시를 발진
시켰다. 그러나 사거리를 넘자마자 길가에 택시를 세운다. 그
러더니 다시 몸을 돌리고 김기용을 보았다. 조금 진정은 되었
지만 눈빛은 더 강했다.

"어떻게 아시오?"

하고 운전사가 물었을 때 김기용이 심호흡을 했다.

"입원비가 7백만 원이 밀려 있네요, 그렇죠? 그래서 오늘

아침에는 부인 신명숙씨하고 네 식구가 죽자는 상의를 하셨죠?"

다시 운전사의 입술이 떨린다. 이제는 이가 부딪치는 소리까지 내었지만 운전사의 시선은 떼어지지 않았다. 김기용이 말을 이었다.

"아저씨가 날 만난 것부터 기적입니다. 병원으로 가십시다. 가서 먼저 선준이를 살립시다."

"어, 어떻게요?"

마침내 운전사가 그렇게 묻는다. 떡 벌려진 입 끝으로 침이 흘러 내렸지만 본인은 의식하지 못한다. 치켜뜬 눈이 껌벅이지도 않는다.

"어서 가십시다."

김기용이 다시 말하자 운전사는 몸을 돌린다. 그리고는 택시를 발진시켰다.

택시가 병원 주차장에 멈췄을 때 김기용이 손을 내밀었다.

"내 손을 잡으세요."

운전사 양경호가 김기용의 손을 잡았다. 보통 손이다. 김기용이 양경호의 손을 쥐었다 놓으면서 말했다.

"지금 병실로 가셔서 선준이의 머리에 그 손을 붙였다 떼세요."

"이 손으로 말입니까?"

양경호가 김기용의 손을 쥐었던 제 손바닥을 보며 말한다. 그러더니 머리를 끄덕이며 혼잣말을 한다.

"내 아들 살린다면 무슨 짓을 못해?"

"그리고……."

김기용이 정색하고 말한다.

"선준이 침대 밑에 검은 비닐 백이 있어요. 그걸 잊으면 안 돼요."

그리고는 시트에 등을 붙였다.

"자, 가세요. 여기서 기다리고 있을 테니까요."

"왜 왔어?"

신명숙이 충혈된 눈으로 묻는다. 등에 업힌 네 살짜리 유미는 잠이 들었다. 머리가 심하게 기울어져 있는데도 곤하게 잔다.

"아, 잠깐."

오전 12시에 병원에서 나갔으니 지금은 바쁘게 일해야 할 시간이다. 휘청대며 침대로 다가선 양경호에게 신명숙이 다시 묻는다.

"무슨 일 있어?"

신명숙의 목소리가 떨렸다. 오늘 아침에 넷이 같이 죽자는 말을 꺼낸 것이 신명숙이다. 애들 남기고 죽으면 더 불쌍하게 되니까 같이 데리고 가자면서 흐느껴 울었었다. 양경호가 침대에 누운 아들 양선준을 물끄러미 본다. 머리에 감겼던 붕대도 진즉 떼어서 멀쩡한 모습이었지만 이른바 식물인간이다. 음식물은 목에 뚫린 호스로 넣어졌고 코에는 산소 호흡기가 부착되어 있다. 막상 아들의 모습을 본 양경호의 어깨가 늘어졌다. 갑자기 미친 짓이라는 생각이 든 것이다.

"왜 그래? 응? 그럼."

하고 신명숙이 말을 더듬는다. 양경호가 일하다 온 것은 같이 죽으려고 온 것처럼 느껴졌기 때문이다. 와락 당황한 신명숙이 양경호의 팔을 두 손으로 움켜쥐었다.

"자기야, 우리, 며칠만."

그때 양경호가 손을 뻗쳤다. 손으로 선준의 얼굴을 덮어 질식사시키려는 자세 같았으므로 신명숙이 흐느꼈다.

"자기야. 선준 아빠."

조용했던 6인실 안이 뒤숭숭해졌다. 모두 이쪽을 본다. 이를 악문 양경호가 기를 쓰듯 몸을 비틀더니 손바닥을 선준의 이마에 붙였다. 손바닥이 커서 이마와 머리 윗부분을 다 감싼

다. 그것을 본 신명숙이 움켜쥐었던 두 손을 풀더니 어깨를 늘어뜨리면서 긴 숨을 뱉는다. 양경호가 선준의 머리를 손으로 감싼 채로 눈을 부릅떴다. 2개월째, 정확하게 64일째 선준은 눈을 뜨지 않았다. 입도 벌리지 않았다. 그냥 이렇게 누워만 있었다. 선준의 이마를 손으로 감싼 양경호의 눈에 눈물이 고였고 곧 볼을 타고 눈물 줄기가 흘러내렸다. 옆에 선 신명숙도 아무 말이 없다. 그때였다. 선준이 눈을 떴다. 눈을 뜬 선준이 이쪽을 보았으므로 양경호는 잠시 우두커니 마주보았다. 아마 꿈일 것이다.

"아아악!"

그 순간 입원실이 떠나갈 것 같은 외침이 옆에서 일어났다. 신명숙이다. 그때서야 양경호는 이것이 현실임을 알았다.

"선준아."

양경호가 불렀을 때 이제 선준이가 손을 들더니 입에 붙인 호흡기를 잡는다. 손도 움직인다.

"아아악! 선준아!"

신명숙이 다시 아우성을 치듯 외쳤고 입원실의 보호자와 환자들까지 몰려들었다. 그리고 제각기 소리친다.

"기적이다, 기적이 일어났어!"

양경호가 주차장으로 내달려 왔을 때는 그로부터 10분쯤이 지난 후였다. 택시로 달려간 양경호는 곧 어깨를 늘어뜨리고는 땅바닥에 털썩 주저앉았다. 옆을 지나던 남녀가 힐끗거렸지만 양경호는 아랑곳 하지 않았다. 택시 안은 비어 있었던 것이다. 이윽고 양경호는 자리에서 일어서더니 택시의 비어 있는 뒷좌석을 향해 땅바닥에 엎드려 큰 절을 했다. 옆을 지나던 사내들이 멈춰 서서 보았지만 양경호는 시선도 주지 않는다. 이윽고 허리를 편 양경호가 땅바닥에 내려놓았던 비닐봉지를 쥐고 다시 병원을 향해 걷는다. 비닐봉지는 묵직했다.

오산 톨게이트를 빠져나온 차가 경부 고속도로 상행선으로 접어든 순간 이순태가 길게 숨을 뱉는다.

"마스크에 모자까지 썼지만 당분간은 잠수 타야 돼."

"알아, 서울 들어가자마자 찢어지자고."

오후 7시 반. 상행선은 오늘따라 길이 트였으므로 차에 속력을 내며 박 찬수가 말했다. 웃음 띤 얼굴로 박 찬수가 말을 잇는다.

"차를 두 번이나 바꿔 탄데다 작업 시간은 3분밖에 안 걸렸어. CCTV에 찍혔어도 찾아내지 못해."

"방심하지 마."

했지만 이순태의 얼굴에서도 웃음기가 떠올랐다.

"고속도로로 빠져나온 차를 조사한다고 해도 수만 대야. 수원에서 일 저지르고 오산 톨게이트로 나왔을 줄은 모를걸?"

둘은 수원에서 현금 지급기 하나를 털어갖고 나오는 길이다. 치밀하게 사전 연습까지 한 후에 변두리의 현금지급기를 3분 안에 부수고 현금만을 빼내왔다.

"근데 얼마야?"

교도소 동기인 박 찬수가 백미러를 보며 묻는다. 박 찬수는 바람잡이다. 망보고 운전하는 역할. 그러자 뒷좌석에 앉은 이순태가 옆에 놓인 배낭을 당기며 말했다.

"만 원권으로 7백5십쯤 될 걸? 이제는 돈 뭉치를 쥐면 감이 와, 몇 만원 안틀려."

"은행에 취직해야겠다."

키득거리며 박 찬수가 웃었고 이순태는 배낭 지퍼를 열고 비닐봉지를 꺼내었다. 그리고는 비닐봉지 안에다 손을 넣더니 눈을 크게 떴다.

"아니, 이게 뭐야?"

목소리가 컸으므로 운전하던 박 찬수도 백미러를 보았다. 이순태가 벽돌 한 장을 눈앞에 들고 있다.

"아니, 왜 이게 있지?"

밤, 강북 성심병원의 전경.

본관 현관 옆 화단가에 벽돌이 비스듬하게 울타리 식으로 박혀져 있다. 그런데 그중 한 개가 빠진 자리가 보인다.

"아니, 그만 둔다고?"

유은주가 정색하고 김

기용을 보았다. 오후 8시 반. 이제 '그리스'는 마악 영업을 시작한 참이라 아래층은 수선스럽다. 그러나 아직 열기가 띠어지지는 않았다. 이층 사장실은 방음 장치까지 되어있어서 아무리 시끄러워도 진동만 일어난다.

"왜? 혹시 내가 도와줄 일이라도 있니? 있으면 말해."

진하게 화장한 얼굴을 들고 유은주가 묻는다. 표정에 진실감이 배어나 있다. 김기용이 머리를 저었다.

"아닙니다. 좀 쉬려구요. 그동안 고맙다는 인사는 꼭 드리고 싶었습니다. 사장님."

"얘 좀 봐."

유은주가 주름살 걱정도 무시하고 온 얼굴을 펴고 웃는다.

"너, 지금까지 이렇게 말 길게 하는 것 첨 봤다."

"그동안 도와주셔서 고맙습니다. 은혜는 갚겠습니다."

김기용이 허리를 굽혀 절을 하자 유은주가 봉투를 내밀

었다.

"내가 주는 용돈이야. 잔소리 하지 말고 받아라. 그래야 내가 마음이 편해."

그러자 김기용이 두 손으로 봉투를 받으면서 말한다.

"꼭 다시 찾아뵐게요."

'그리스' 현관 밖까지 따라 나온 박남철이 팔로 김기용의 어깨를 감싸 안았다.

"너, 아버지 때문이 아니라면 혹시."

말을 그친 박남철이 김기용의 옆모습을 보았다. 그러자 김기용이 빙긋 웃는다.

"아냐, 형. 순미 누나 때문은 아냐."

"여자는 다 그래."

정색한 박남철이 말하더니 김기용의 어깨를 당겨 안았다가 놓았다.

"당기면 버티고 놔주면 온다."

"형은 3년 후에 고시 패스할거야."

불쑥 김기용이 말하자 박남철이 어둠속에서 흰 이를 드러내고 웃는다.

"이 자식이 내 계획을 어떻게 알았지? 내가 3년 계획을 이야기 해줬던가?"

"틀림없어, 형."

정색한 김기용이 박남철을 똑바로 보았다.

"그 스케줄대로만 가면 돼."

김기용이 발을 떼면서 소리 내어 말한다.

"형, 이제 집안일도 잘 풀릴 거야, 걱정 안 해도 돼."

현관 앞에 서있던 박남철이 뭔가 말을 하려고 입을 벌렸다가 닫았고 어느덧 김기용의 모습이 어둠속으로 사라졌다.

고시원으로 돌아가는 택시 안에서 김기용은 자신의 능력이 어디까지 인지가 불안해지고 있다. 아버지는 지금 멀쩡한 몸이 되어서 병원에 앉아있다. 놀란 의사들이 붙잡아두었다. 나는 오직 생각만으로 아버지 인체를 변형시킨 것이다. 택시 운전사 양경호를 본 순간에 지난일이 다 떠올랐다. 자신이 양경호가 된 것 같았다. 어렸을 때부터 지금까지, 양경호가 지금 무슨 생각을 하고 있는 것까지 다 떠오른 것이다. 양경호에게 손을 잡으라고 한 것, 선준의 머리에 손을 붙이라고 한 것은 극적 효과를 주기 위해서였다. 택시에 앉아 집중만 시켜도 선준은 뛰어 나올 수가 있었다. 수원의 현금지급기 털이범 둘은 우연히 인연을 맺게 되었다. 양경호에게 필요한 입원비가 7백4십만 원이었는데 둘이 지급기를 부수고 빼낸 현금이 7백5십만 원이었기 때문이다. 7백4십만 원 현금을 부담 없이 가져올 곳을 찾았더니 바로 수원의 두 강도가 떠올랐고 그래서 병원의 벽돌 한 개하고 돈뭉치를 바꿔 놓았다. 나는 엄청난 능력을 소지하게 된 것이다. 다 보이고 다 움직일 수 있다. 너무 엄청나서 이젠 내 능력이 어디까지인지 시험해 보기도 겁이 난다. 시트에 등을 붙인 김기용은 눈을 감았다. 과연 누가 나에게 이런 능력을 주었을까? 갑자기 정신을 잃었다가 깨어난 느낌이 들면서 내뱉은 한마디 말은 지금도 생생하게 기억난다.

'산트로'였다.

김기용이 고시원으로 돌아왔을 때는 밤 9시 반이 되어 있었다. 이 시간대에 고시원에서 머문 적이 없었기 때문에 김기용은 부산한 분위기가 낯설다. 좁은 복도에서 만난 남녀는 모두가 처음 보는 얼굴이다. 방으로 들어선 김기용이 옷을 벗지도 않고 자리에 앉는다. 그리고는 어머니에게 말했다.

"엄마, 내가 엄마를 살릴 수 있을까?"

그때 어머니의 목소리가 들렸으므로 김기용은 소스라쳤다.

"그렇게는 안돼."

"왜?"

눈을 치켜뜬 김기용의 앞에 어머니가 나타났다. 어머니는 잘 입던 긴팔 셔츠에 긴 치마를 입었는데 바로 앞에 앉았다. 어머니가 앉은 스펀지 요가 중량을 받고 짓눌려 있다. 놀란 김기용이 손을 뻗어 어머니의 어깨를 잡았다. 그 순간 화들짝 놀란 김기용이 손을 떼었다가 와락 다시 어깨를 쥔다. 실제로 어머니가 잡혔기 때문이다.

"엄마."

격한 표정이 된 김기용이 불렀을 때 어머니가 웃었다. 그늘진 웃음이다.

"난 너하고 같은 세상에 있지는 않아."

"그, 그럼 어디에 있어?"

"다른 세상."

"그걸 어떻게 알아?"

"느끼고 있으니까."

"살아 있는 거야?"

"그럼. 그래서 이렇게 너하고 이야기하고 있는 거 아니냐?"

"엄, 엄마. 난 왜 이렇게 되었을까?"

그러자 어머니가 이번에는 밝게 웃었다. 어머니의 이런 웃음은 처음 보는 것 같다.

"네가 선택을 받은 거야."

"왜, 왜?"

"그건 나도 모른단다."

"엄마는 날 만날 수 있어?"

"네가 지금처럼 부르면 이렇게."

"그동안은 어디에 있는데?"

"떠 있단다."

그리고는 어머니가 밝고 행복한 표정을 지으며 웃는다.

"아주 넓은 곳에. 난 형체도 없는 공간 자체가 되어 있는 것 같아. 그리고 편안해. 아마 다른 세상이겠지."

"수진이도?"

그렇게 물었을 때 어머니 옆에 수진이가 나타났다. 수진이는 치마에 반팔 셔츠 차림으로 표정이 밝다. 어머니의 어깨에 몸을 붙이더니 김기용을 향해 웃는다.

"오빠, 이제 셋이 다시 모였네."

"이렇게 만나는구나."

눈물이 주르르 흘렀지만 김기용이 눈을 크게 뜨고 수진이를 보았다.

"너도 떠 있었어?"

"그럼."

"엄마하고 같이?"

"아마 엄마하고 섞여 있었을걸?"

그러더니 수진과 어머니가 서로 얼굴을 마주보고 웃는다.

"우리 걱정은 마, 오빠."

수진이 손을 뻗쳐 김기용의 볼에 묻은 눈물을 닦는다. 그런데 그 손가락이 따뜻했고 볼을 누르는 압력도 강하다. 눈물이 수진의 손가락 끝에 묻어 반들거렸다. 이번에는 어머니가 옆에 놓인 휴지통에서 휴지를 뽑아내더니 다른 쪽 눈을 눌러 눈물을 닦아 주었다.

"엄마, 이건 꿈이 아니지?"

김기용이 묻자 이제는 둘이 소리 내어 웃는다. 그때 옆방의 사내가 손바닥으로 벽을 두드렸다.

"조용히 좀 하자고, 웬 여자들을 데리고 들어와서 떠들고 지랄이야?"

그 순간 김기용은 환해진 얼굴로 말한다.

"이제 됐어, 엄마, 수진아. 나, 더 바라지 않을게."

오전 9시 반. 적십자 병원의 현관을 나오던 김동균이 주춤 멈춰 선다. 바로 눈앞에 김기용이 서 있었기 때문이다.

"기용아."

얼굴을 굳힌 김동균이 한걸음씩 조심스럽게 발을 떼어 다가왔다. 두 걸음쯤 앞으로 다가온 김동균이 발을 멈추고는 말했다.

"나, 지금 시골로 간다."

김기용은 시선만 주었고 김동균의 말이 이어졌다.

"내 고향이지. 강원도 인제. 거기서 농사를 지을 작정이야."

"……."

"내 먼 친척 아저씨가 고향에서 비닐하우스를 해. 나한테 일을 시켜 주겠다고 했어. 지금 거기로 가는 중이야."

"……."

"날 살려준 건 너였어. 네 손이 내 가슴에 닿은 것을 보았다. 네 손에서 뜨겁고 밝은 빛줄기가 내 몸속으로 들어오더구나. 그래서 내가 다시 살아났다."

김동균이 두 걸음을 더 다가와 김기용의 손을 두 손으로 감싸 쥐었다.

"용서해라."

머리를 숙인 김동균의 눈에서 눈물이 쏟아졌다.

"나는 네 엄마하고 동생한테 사죄하면서 살 것이다."

이윽고 손을 놓은 김동균이 한걸음 물러서며 말한다.

"너는 다 볼 수 있을 테니까."

"오늘은 쉬어."

윤철 엄마가 말하고는 개수대로 다가가 선다. 오전 7시10분. 개수대의 앞쪽의 작은 창을 통해 빗발이 뿌리는 공터가 보인다. 뒤쪽에서 머무적거리던 정기태가 다시 소파에 앉는 기척이 들렸다. 방안에서 옅은 기침소리가 났다. 친정어머니 오선남이다. 관절염으로 거동이 불편한 친정어머니를 정기태는 6년째 모셨지만 불평 한마디 한 적이 없다. 전북 고창에서 2천 평 농지에 과수원까지 갖고 있었지만 7년 전 친정아버지가 죽자 오빠 셋은 기다렸다는 듯이 다 팔아치웠다. 그리고는 어머니를 번갈아 모시기로 했다더니 세 놈이 각각 석 달도 견디지 못했다. 며느리들이 서로 미뤘기 때문이다. 막내딸이자 외동딸인 윤철 엄마가 그것을 알게 되었을 때는 어머니가 시골로 내려간 지 한 달도 더 지났을 때였다. 시골 폐가에 들어가 혼자 밥을 지어먹던 어머니를 부둥켜안고 윤철 엄마 박영숙은 대성통곡을 했다. 그때부터 박영숙은 친정엄마 오선남을 모셨지만 남편 정기태가 진실한 인간이 아니었다면 하루라도 편할 리가 있겠는가? 음료회사 생산과에 근무하던 정기태는 일찍 부모를 여의고 형의 눈칫밥을 먹고 자랐지만 착했다. 오선남을 친 어머니처럼 모셨는데 정성은 다 통한다. 오선남도 정기태를 친자식처럼 여기게 되었고 집안은 화목했다. 그런데 갑자기 불황이 닥치면서 정기태가 반년 전에 정리해고를 당한 것이다. 그동안 모은 저축금과 보험까지 다 해약하고 몇 달 살았지만 두 달 전부터는 정기태가 새벽에 인력시장에 나가 몇 만원씩 벌어 오는 것으로 산다. 그것도 닷새에 한번, 일주일에 한번 씩 걸리는 막노동이라 이번 달에는 20일 동안 18만 원밖에 벌지 못했다. 그때 소리죽여 기침을 하던 오선남이 방문을 열고 밖으로 나온다.

"아니, 엄마."

오선남을 본 박영숙이 눈을 크게 떴다.

"어디 가려고?"

오선남이 외출복 차림이었던 것이다.

"나, 춘천에 다녀오겠다."

힘들게 발을 떼면서 오선남이 말하자 박영숙이 서둘러 다가왔다.

"가지마."

오선남의 팔을 잡은 박영숙이 소파에 밀어 앉혔다. 어느덧 박영숙의 얼굴이 하얗게 굳어져 있다. 오선남 옆에 앉은 박영숙이 격한 목소리로 말한다.

"엄마, 굶더라도 같이 굶어. 엄마를 쫓아낸 그 연놈한테 거지처럼 뭘 얻으려는 거야? 엄마는 그렇다고 쳐도 내 자존심은 어떻게 돼? 엄마를 모신 윤철 아빠는 어떻게 되고?"

마지막 몇 마디는 울음에 섞여 떨린다. 앞쪽에 앉은 정기태는 외면했고 오선남은 눈물로 짓무르러진 눈을 소매 끝으로 닦는다. 오선남은 춘천의 큰 아들한테 가려고 했다.

"에이그, 내가 얼른 죽어야지."

"어머님, 들어가 계세요."

일어선 정기태가 오선남의 겨드랑이를 안아 일으킨다.

"걱정하지 않으셔도 됩니다. 다 잘될 테니까요."

오선남을 부축한 정기태가 방으로 들어섰을 때 박영숙은 길게 숨을 뱉는다. 그러더니 문득 머리를 들고 부른다.

"윤철 아빠!"

정기태가 방문을 열고 나오자 박영숙이 정색하고 물었다.

"자기, 복권 어디에 있어?"

"으응?"

눈을 껌벅이던 정기태가 어깨를 늘어뜨리더니 쓴웃음을 짓는다.

"내가 그젯밤에 산거 말이야?"

담배를 사러 나갔다 정기태가 담배 값이 아까워서 남배를 안사고 대신 1천 원으로 복권 한 장을 사들고 온 것이다. 그 말을 들은 박영숙이 다시 나가 담배를 사다 주었다.

"여기."

정기태가 지갑에 넣어둔 복권을 꺼내주자 박영숙이 정색하고 말한다.

"나가서 토요일에 추첨한 당첨 번호 알아와."

집 컴퓨터는 고장이 났지만 수리비가 없어서 한 달째 켜지 못한다.

"에이, 비도 오는데."

했지만 정기태가 현관으로 나가면서 박영숙을 보았다. 얼굴에 쓴웃음이 떠올라있다.

"너무 기대가 많으면 안돼, 윤철 엄마."

그러나 박영숙의 두 눈은 반들거렸고 입은 죽 닫쳐져 있다. 박영숙이 손에 쥔 복권을 들어 보이며 말한다.

"빨리 갔다 와."

고시원 골방에 누운 김기용의 바로 눈앞에 박영숙의 아파트 안이 펼쳐져 있다. 주방의 냄새까지 다 맡아졌고 주위의 온갖 소음까지 집안에 있는 것처럼 다 들린다. 현관문이 열리더니 정기태가 들어온다. 우산을 갖고 나갔지만 몸이 비에 젖었다.

"저 아래 편의점까지 가서 오늘 신문을 보고 적어왔어."

벗은 저고리를 현관 옆에 널면서 정기태가 말한다. 아직도 소파에 앉아있는 박영숙이 정기태가 번호를 적은 쪽지를 내밀자 머리를 젓는다.

"응? 왜?"

의아한 표정을 짓고 정기태가 묻자 박영숙이 복권을 보며 말했다.

"내가 번호를 부를 테니까 맞는가 봐."

"그러지."

쓴웃음을 지은 정기태가 앞쪽 자리에 앉더니 쪽지를 보며 말했다.

"자, 불러봐."

그러자 박영숙이 굳어진 표정으로 말한다.

"12."

"그렇지."

정기태가 얼굴을 펴고 웃었다.

"맞았네."

박영숙이 힐끗 정기태에게 시선을 주더니 두 번째 번호를 부른다.

"14."

"어이쿠."

그리고는 정기태가 박영숙을 보았다.

"또 맞았어."

정색한 얼굴이다. 그리고 박영숙이 복권을 든 손을 내리더니 눈을 감았다가 뜨고 말했다.

"아까 누가 나한테 그랬어."

"응? 누가?"

아직도 쪽지를 든 정기태가 건성으로 묻는다. 얼른 계속하고 싶은 표정이다. 그러자 박영숙이 말을 잇는다.

"모르겠어. 하지만 아까 자기가 엄마하고 방에 들어갔을 때 누가 내 귀에 대고 분명하게 말했다고. 아줌마, 복권 번호 보세요, 하고."

"나아 참."

입맛을 다신 정기태가 다시 입을 열었을 때 박영숙이 손바닥을 펴 말을 막는다.

"그리고는 나한테 또 그랬어. 아줌마한테 신세 갚는 거예요, 했어."

"글쎄, 그게 누군지."

"이제는 내가 부를 테니까 당신이 봐."

복권을 든 박영숙이 눈을 치켜뜨고 말한다. 그리고는 번호를 불렀다.

"22, 26, 32, 43"

"으응?"

제가 적은 쪽지를 바라보던 정기태가 이맛살을 찌푸렸다. 그러더니 갈라진 목소리로 말한다.

"다시 불러봐."

"22, 26, 32, 43"

박영숙의 확신에 찬 목소리가 방을 울렸고 정기태는 쪽지를 쏘아본 채 숨도 쉬지 않는다.

이비인후과 병원 안, 진찰실 의자에 앉은 사내가 의사의 검사를 받고 있다. 의사가 사내의 귀에 기계를 집어놓고 묻는다.

"안 들립니까?"

바로 고시원에서 김기용 옆방에 사는 사내다. 이틀 전 옆방이 시끄럽다고 욕을 한 후부터 귀가 먹통이 된 것이다. 사내가 눈만 껌벅이고 있었으므로 의사가 혼잣소리로 말한다.

"이거, 겉은 멀쩡한데 이상하네. 하여튼 간에 인체는 신비스럽다니까. 의학으로 설명이 안 되는 증상은 기적이라면서 때울 수밖에 없지, 젠장."

“아이구, 내 새끼 왔구나.”

김기용을 보더니 대뜸 할머니가 그렇게 말한다. 오늘도 산길. 약속 시간보다 조금 일찍 도착해서 산으로 할머니를 만나러 가던 중이었다.

“며칠 있다가 갈 거냐?”

연장 가방을 받아든 김기용에게 할머니가 먼저 그것부터 묻는다.

“내일 올라가야돼, 복학을 했거든.”

“으응? 복학?”

눈을 크게 뜬 할머니가 김기용의 팔목을 덥석 쥐었다. 손의 힘이 세다.

“아이구, 핵교 다시 댕긴단 말이냐? 잘혔다, 내 새끼.”

김기용은 할머니가 자신의 복학보다도 뭔가 다시 시작하려는 분위기를 대견하게 여긴다는 것을 안다. 할머니는 도둑질을 다시 시작 하겠다는 김기용의 의지도 응원했을 것이다. 손자가 살아가는 의지만 세운다면 다 환영했을 할머니다. 할머니가 차려준 저녁밥을 먹고 났을 때 김기용이 문득 생각이 난 것처럼 말한다.

“할머니, 내가 여기다 놓을게.”

“뭘 말이냐?”

저녁 설거지를 마치고 돌아온 할머니가 방바닥에 손을 붙이면서 묻는다.

"엄마하고 수진이."

엉거주춤 엎드렸던 할머니가 머리를 들고 김기용을 보았다. 무슨 말인지 알아듣지 못한 것이다. 김기용이 한마디씩 천천히 말했다.

"내가 지금까지 엄마하고 수진이를 갖고 다녔어. 그래서 이젠 할머니한테 맡기려고."

"뭘 말이냐?"

할머니가 억양 없는 목소리로 물었지만 절반 이상은 알아들은 것 같다. 반쯤 벌려진 입술이 떨리고 있는 것이 그 증거다. 김기용이 옆에 놓인 배낭에서 보자기에 싼 보석상자 두 개를 할머니 앞에 내려놓는다. 이제 할머니는 보석 상자를 본 채 숨도 쉬는 것 같지가 않다. 김기용이 보자기를 풀고 보석 상자를 하나씩 짚으면서 말했다.

"이건 엄마, 이건 수진이 유골이야."

"……."

"내가 쭉 갖고 다녔어."

"……."

"이제부턴 할머니가 갖고 있어."

“······.”

“방안 옷장 안이나 선반 위에 놓으면 좋겠는데······.”

하고 김기용이 방안을 둘러보는 시늉을 했을 때 할머니가 와락 보석상자 위로 엎드렸다. 그리고는 두 개를 두 손으로 모아 안는다.

“아이고 내 새끼들.”

할머니가 또렷하고 커다란 목소리로 말한다. 상자 두 개를 안은 할머니의 두 눈이 생기를 띄고 반짝인다.

“이제야 나한테로 왔구나.”

벽에 등을 붙인 김기용이 머리를 끄덕였다. 이제 할머니는 외롭지 않을 것이다.

“니 이야기 들었어.”

박남철이 외면한 채 말했다. 홍대 근처의 커피숍 안이다. 오후 2시 반. 커피숍 안에는 손님이 박남철과 이순미 둘 뿐이다. 박남철이 말을 잇는다.

“그 동네 소문이야 빤하거든. 특히 너 같은 수준에 있는 애들은 말이지. 잘빠진 업보라고 생각해라.”

“그래서 날 위로 해주려고 만나자고 한거야? 아니면 이 기회에 다시 시작?”

하고 이순미가 도전적으로 물었을 때 박남철이 쓴웃음을 짓는다.

"그럴 리가. 나는 이미 너한테서 어떤 감동도 받지 않는 경지에 이른 놈이거든, 다만."

"도와주고 싶거든 어디 돈 많은 아저씨나 소개시켜줘, 한번 자는데 백만 원씩 주는 아저씨."

"그거야 얼마든지."

했다가 박남철이 정색하고 이순미를 본다. 한때 둘은 애인 사이였지만 석 달쯤 되고나서 끝났다. 소개팅으로 만나 끌렸지만 둘 다 오래 못갈 것이라는 것을 처음부터 알고 있었던 터라 헤어질 때는 마치 전철 바꿔 타는 것처럼 자연스러웠다. 그리고 지금, 이순미는 새로 만났던 제대파 복학생 윤건철과 또 헤어진 상태가 되었다. 그런데 이번은 두 달도 안 되어서, 그것도 윤건철한테 채인 것이다. 상냥하고 이해심이 많았던 윤건철은 알고 보았더니 치사한 속물이었다. 돈 많은 집안의 여자가 나타나자 미련 없이 등을 돌린 것이다. 이순미도 산전 수전 겪은 몸이었지만 이번에는 충격을 받았다. 윤건철과 결혼까지 생각하고 있었기 때문이다. 게다가 결혼 제의는 윤건철이 했었다. 박남철이 입을 열었다.

"너, 기용이한테서 연락온 적 있어?"

놀란 듯 시선만 주는 이순미를 향해 박남철이 말을 잇는다.

"궁금해서 연락 해보았더니 또 휴대폰 전번을 바꿨더구먼. 그래서 혹시나 너는 알고 있는가 하고."

"내가 알 리가 있어?"

억양 없는 목소리로 말한 이순미가 외면했다. 그러더니 혼잣소리처럼 말한다.

"걘 절대로 나한테 연락 안 할 거야."

"그만큼 상처를 입었단 뜻인가?"

"그럴 거야."

선선히 머리를 끄덕인 이순미가 여전히 외면한 채 말했다.

"가장 아플 때 또 상처를 준 셈이지. 내가 아주 나쁜 짓을 했어."

"……."

"차라리 처음부터 접근하지 않는 것이 훨씬 나았어."

"……."

"동정심이었지. 나도 알았고 걔도 알았어. 그리고 그 결말을 난 예상은 했는데 너무 빨리 온 셈이었지."

"기용이를 우습게보지 마라."

어깨를 편 박남철이 똑바로 이순미를 보았다.

"그놈, 네가 생각하는 것처럼 약하지 않아, 강해."

"알아."

이윽고 머리를 든 이순미가 바들거리는 눈으로 박남철을
보았다.

"그래서 완전히 끝난 거야, 걔하고는. 걔가 나한테 전화 해
올 리가 있겠어?"

로데오 거리를 걷던 김영지가 불쑥 묻는다. 얼굴에 웃음기
가 떠올라 있다.

"오빠, 이순미가 충격을 받았다던데."

윤건철의 시선을 받은 김영지가 한쪽 눈을 감았다 뜬다.

"걔하고 같은 과 애한테서 들었어."

"충격은 무슨."

입맛을 다신 윤건철이 어깨를 치켜 올렸다가 내렸다.

"난 좀 황당한데, 그런 말 들으니까."

"걔가 좀 구식인 것 같애."

"난 충격이란 단어부터 이해를 못하겠다."

그 순간 위에서 떨어진 상점 간판이 윤건철의 머리를 쳤다.
엄청난 충격음과 함께 보도에 떨어진 거대한 간판은 산산조
각이 났다.

"아악!"

날카로운 김영지의 비명이 한낮의 거리를 울린다. 간판 조각 사이에 피투성이가 되어 쓰러져 있는 윤건철을 보았기 때문이다.

8장 새로운 나

학교 식당에서 혼자 늦은 점심을 먹으며 김기용이 TV를 본다. 화면에 울먹이는 30대 여자가 나타났다.

"제발 살려 보내기만 해주시면 은혜는 꼭 갚을 께요. 우리 미주를 꼭 살려주세요."

그리고는 여자가 기도하는 것처럼 두 손을 모았다. 얼굴은 눈물범벅이다.

"제발 부탁합니다. 살려주세요."

그러더니 화면에 어린 여자애의 사진이 나오면서 아나운서의 목소리가 이어진다.

"안미주 양은 현재 3일째 납치된 상태인데 납치범과 연락이 끊긴지는 20시간이 되었습니다."

초등학교 1학년인 안미주는 하굣길에 납치를 당했고 납치범은 집 근처의 CCTV가 없는 공중전화만을 골라 세 번 전화를 했다. 현금 5천만 원을 준비 하라는 것이었다. 그러나 20시간쯤 전에 납치범은 눈치를 채었는지 연락을 끊었고 경찰은 공개 수배로 들어갔다. TV에서 납치범의 목소리는 수십 번 반복해서 들려주었지만 아직 단서를 잡지 못했다.

"에이그, 어떤 죽일 놈이."

옆을 지나던 일하는 아줌마가 분한 듯 말했지만 말끝을 흐렸다. 시간이 지날수록 살아 돌아올 확률이 적다고 전문가들이 나와서 말했기 때문이다. 김기용은 젓가락을 내려놓고 의자에 등을 붙였다. 그리고는 아직도 TV 화면에 떠있는 안미주의 얼굴을 보았다.

"없애고 떠나자."

입맛을 다신 오택이 마루에서 일어섰다. 소주를 두 병 마신 터라 눈의 흰 창이 붉어진 대신 얼굴빛은 누렇게 굳어졌다.

"내가 죽여서 뒤쪽 숲에다 묻고 올 테니까 넌 여기 정리해."

산기슭의 외딴집이어서 주위는 조용하다. 국도는 산기슭을 돌아 5백 미터쯤이나 농로를 타고 가야 나오는 것이다. 오택과 이재규는 수원 교외에 위치한 이 폐가에서 조금 전에 안미주의 어머니가 울며불며 사정하는 장면을 차에 부착된 소형

TV로 다 보았다.

"에이, 시바."

부엌 옆으로 다가가 벽에 세워둔 삽을 집으면서 오택이 욕질을 했다. 이제 돈 받기는 포기한 것이다. 부모가 이쪽의 첫 전화를 받자마자 경찰에 신고를 해버리는 바람에 종을 쳐 버렸다. 삽을 쥔 오택이 부엌 옆방의 문을 열자 방바닥에 비스듬히 누워있던 안미주가 눈을 떴다. 얼굴은 눈물이 흘렀다가 마르기를 반복하는 바람에 지저분했다. 자꾸 도망치고 울어서 손발을 테이프로 묶고 밤에는 입에도 붙였지만 지금은 입만 떼어 놓았다. 오택이 신발을 신은 채로 방안으로 들어서자 안미주가 몸을 비틀며 일어난다.

"아저씨."

가는 목소리로 안미주가 부르자 오택의 마음이 조금 흔들렸다. 그러나 살려주면 내가 죽는다. 최소한 10년이다. 이를 악문 오택이 손에 쥔 삽을 고쳐 쥐었다. 그 순간이다.

"으으억."

갑자기 오택이 두 손으로 목을 감싸 쥐고는 눈을 부릅떴다. 삽이 방바닥에 내동댕이쳐졌고 오택은 목을 움켜쥔 채 방바닥에 쓰러졌다.

"으아악."

방바닥에서 몸을 비틀며 오택이 처절한 신음을 뱉는다. 그리고는 곧 입으로 분수 같은 피를 쏟아내며 몸부림을 쳤다. 다시 오택이 심하게 경련을 일으키더니 금방 그쳤다. 그때 안미주는 앞을 가로막고 앉은 젊은 아저씨를 바라보는 중이었다. 아저씨가 부드럽게 말한다.

"미주야, 내가 묶은 것을 풀러 줄 테니까 방을 나가면 돼."

미주가 머리만 끄덕이자 아저씨는 말을 잇는다.

"아저씨 손을 잡고 같이 나가는 거야."

"아저씬 누구야?"

손발을 묶은 테이프를 풀러주는 아저씨에게 미주가 묻는다.

"경찰이야?"

"아냐."

"그럼 착한 아저씨?"

"그래."

묶인 것을 풀자 일어선 아저씨가 미주의 손을 잡아 일으켰다. 미주는 두 다리에 힘이 실려져 있는 것을 느끼고는 방긋 웃는다. 마구 달려가고 싶은 것이다. 둘이 손을 잡고 방을 나왔을 때 마당에 세워진 승합차가 보였다. 승합차를 본 순간 미주가 아저씨 옆에 바짝 붙었다. 그러자 아저씨는 빙긋 웃는다.

224

"괜찮아, 미주야."

"나쁜 아저씨 또 하나가 있어."

"차 안에서 잔단다."

차 옆을 지나면서 아저씨가 미주의 손을 힘주어 잡는다.

"절대 안 깨어나, 걱정 마."

"속보입니다."

식당에 혼자 앉아있던 김기용의 앞에서 TV 화면이 바뀌더니 아나운서가 나타났다. 눈을 치켜뜬 아나운서가 말을 잇는다.

"수원 근교 국도에서 납치되었던 안미주 양이 발견되었습니다. 안미주 양은 혼자 국도에 서 있다가 마침 지나던 차량 운전사 서경수 씨에게 발견된 것입니다."

"아이구머니."

김기용의 뒤에서 식당 아줌마가 환성을 지른다. 주방에 있던 아줌마들이 몰려나오는 바람에 TV 앞은 떠들썩해졌다. 이제는 담당 기자가 말을 잇는다. 담당 기자의 뒷배경은 경찰서 건물이다.

"지금 안미주 양은 경찰서 안에서 부모를 기다리고 있습니다. 그런데, 아, 저기, 안미주 양을 발견한 서경수 씨가 나오는군요."

40대의 사내가 현관 앞으로 나왔고 기자들이 벌떼처럼 달려들었다.

"어떻게 발견했습니까?"

"다친 곳은 없습니까?"

"납치범이 풀어준 겁니까?"

수십 명이 아우성치듯 물었을 때 서경수 씨가 입을 열었다.

"어느 아저씨가 데려다 주었다던데요."

"그게 누굽니까?"

여럿이 거의 동시에 묻자 서경수씨는 머리를 기우뚱거렸다. 자신이 없는 표정 같았다.

"글쎄요, 산트로라고."

그때 김기용이 쓴웃음을 지었지만 아무도 주목하지 않는다.

다가선 최경만은 웃음 띤 얼굴이었다.

"야, 오랜만이다."

김기용의 시선을 받은 최경만이 책상에 두 손을 짚고는 눈을 가늘게 떴다.

"너 이 새끼, 복학했으면 신고를 해야 될 것 아냐?"

최경만이 그렇게 말했지만 입은 따로 움직였다.

"내가 매독에 걸렸을 때는 바로 2년 전이었어."

그 순간 제 말을 제 귀로 들은 최경만이 눈을 부릅뜬다. 강의가 끝나 주위에서 수선거리던 학생들이 일제히 말을 그쳤다. 최경만이 다시 말했다.

"이런 젠장, 어떻게 된 거야?"

그러나 말은 다르게 나온다.

"매독은 지독해, 장안평 마사지 하우스에 갔다가 걸렸는데 연장이 갈라지고 고름까지 나왔어……."

쏟아져 나오는 말을 억제하지 못한 최경만이 제 손으로 입을 막는다. 그러나 곧 손이 떼어지더니 몸부림을 치면서 말했다.

"치료하는데 두 달이 걸렸어. 약을 잘못 써서 머리털이 빠졌고 지금도 가끔 통증이 온다고. 연장이 뜨끔뜨끔 해."

그리고는 최경만이 책상과 함께 교실 바닥으로 엎어졌다. 남학생 둘이 다가갔다가 겁이 나는지 손을 대지 못했고 여학생들은 교실 끝 쪽으로 물러갔지만 밖으로 나가지는 않는다. 무섭기도 하고 호기심이 일어난 때문일 것이다. 그때 바닥에서 몸부림을 치던 최경만이 안간힘을 쓰며 말한다.

"매독 후유증이라는 거야. 그래서 지금도 오입할 때는 장화를 신지 않아. 매독을 돌려주려는 작전이야."

그러더니 마침내 최경만이 제 머리로 책상을 들이 받는다.

"미쳤어."

김기용의 뒤쪽에서 여학생 하나가 낮게 말했다. 그러자 다른 여학생이 거들었다.

"매독 후유증인 모양이야."

"멀쩡했다가 갑자기 왜 저러지?"

"글쎄, 매독 후유증이라니까? 제 말로 그랬잖아? 뇌까지 이상 해진거야."

김기용은 자리에서 일어섰다. 복학 전에 최경만은 조폭처럼 놀았다. 고등학교 시절부터 그랬다는데 대학에서까지 폭력배가 날뛸 줄은 예상하지 못했다. 학교가 허접해서일 것이다. 김기용도 최경만에게 얻어맞고 몇 만원을 빼앗긴 적이 있다. 교실을 나온 김기용도 쓴웃음을 지었다. 저렇게 해준 것만 해도 다행이다. 안미주 납치범 오택과 이재규는 피를 토하고 죽었다. 앞으로 최경만은 매독 균이 뇌 속으로 들어간 지랄병 환자 취급을 받겠지만 살아 있게는 될 테니까.

거울을 본 김기용은 자신이 달라진 것을 알 수가 있다. 생김새는 그대로였지만 다르다. 어깨를 쫙 펴고 있는데다 얼굴도 치켜들었다. 전에는 턱이 내려져 있었는데 지금은 솟았다.

눈이 치켜떠졌고 생기가 띄어져 있다. 입은 또 어떤가? 굳게 다물어서 입 끝이 꽉 잠겨진 것을 보면 닫쳐진 지퍼 같다. 화장실의 거울을 바라보던 김기용이 밖으로 나온다. 오후 4시경. 캠퍼스 앞쪽 잔디밭에는 꽃을 뿌려 놓은 것처럼 여학생들로 덮여져 있다. 각각 향내가 다르고 모습이 다른 것이 모두가 다른 꽃이다. 전에는 이렇게 느껴지지 않았다. 저렇게 많은 여학생을 보면 겁부터 났다. 한 번도 이렇게 바라본 적이 없는 것이다. 잔디밭을 둘러보던 김기용의 시선이 왼쪽 끝에서 멈췄다. 여학생 셋이 모여 앉은 곳이다. 그중 하나가 서난영. 전자계산학과 2학년으로 이 학교의 퀸이다. 그동안 수많은 남자가 그야말로 부나방처럼 달려들었다가 타죽고, 떨어져 죽고, 말라 죽었다. 따라서 서난영의 별명은 흡혈귀, 또는 킬러다. 김기용은 서난영을 향해 발을 뗀다. 서난영도 휴학을 했다가 이번 학기에 복학을 했는데 1년 동안 미국에서 지냈다는 소문이었다. 그래서 김기용하고 같이 1학년을 마치고 쉬었다가 복학한 셈이다. 서난영과의 거리가 좁혀지면서 김기용의 심장 박동이 빨라졌다. 과가 달라서 서난영과는 교양과목 두 과목을 같은 반에서 강의를 들었을 뿐이다. 일주일에 네 시간. 서난영을 만날 수 있었던 그 네 시간이 김기용의 학교에 나가는 목적이었다. 그러나 1학년을 마치던 날까지 그

1년 동안 김기용은 서난영에게 말 한마디 하지 못했다. 아니, 눈 한번 마주친 적이 없는 것 같다. 서난영의 시선이 오면 얼른 외면했다. 그사이에 김기용의 발길은 서난영을 향해 거침없이 다가가고 있다. 이제 거리는 10여 미터로 좁혀졌다. 그때 김기용은 스스로에게 다짐한다. 내 초능력을 사용하지 않으리라. 서난영 앞에서는 정상인으로 행동하고 평가받고 싶다. 다가오는 김기용을 의식한 서난영이 머리를 들고 시선을 주었다. 맑은 흰 창, 검은 눈동자, 그때 김기용은 서난영의 생각을 읽는다. 어쩔 수 없다. 억제한다고 되는 일이 아니었다. 이미 몸은 이전의 김기용이 아니었기 때문이다.

"어머, 저 빙신이 웬일이지?"

아니, 세상에, 저 예쁜 얼굴과 고귀한 입술을 가진 서난영의 머리에서 저런 단어가 나열되어 있다니. 김기용의 심장이 내려앉는 것 같은 충격을 받는다. 어느덧 김기용이 서난영이 앉아있는 잔디밭 옆에 섰다. 거리는 1미터. 서난영과 정면이다. 그때 올려다보는 서난영의 머릿속에서 말소리가 울린다. 생각이 김기용의 귀에 들리는 것이다.

"이 빙신이 웬일이야? 미쳤나?"

그러나 서난영의 웃음 띤 얼굴에서 다른 말이 뱉어졌다.

"무슨 일 있어요?"

그 순간 김기용의 머릿속에서 서난영의 21살 인생이 갓난 아이였을 때부터 지금 이 시간까지 주르륵 지나갔다. 걸린 시간을 굳이 따진다면 1초 정도, 그리고는 서난영의 인생이 마치 김기용이 겪었던 것처럼 다 머리에 박혀졌다. 김기용이 입을 열었다.

"저기, LA의 최갑중 씨가 너한테 전하라는 말이 있어서."

그 순간 서난영의 얼굴이 하얗게 굳어졌다. 그리고는 가방을 들더니 자리에서 일어섰다.

"나, 잠깐 다녀올게."

남은 두 친구한테 말한 서난영이 김기용에게 말한다.

"저쪽으로 가."

먼저 발을 뗀 서난영의 뒤를 따르면서 김기용은 어깨를 늘어뜨린다. 환상이 깨진 것이다. 서난영은 석달 전까지 LA 코리아타운의 룸사롱 '서울'에서 아가씨로 일했다. 그러다가 '서울'의 사장 최 갑중한테서 선금으로 받은 5만 달러를 떼어먹고 도망친 것이다. 앞장서 가는 서난영의 머릿속에서 떠오른 생각이 책을 읽는 것처럼 낭랑하게 김기용의 머릿속에서 울린다.

"이 자식이 최 갑중의 심부름을 온 것이라면 그럼 최 갑중이 날 찾아서 한국에 왔다는 거야?"

이윽고 서난영이 본관 건물의 옆쪽 공사 자재가 쌓여진 구석에 멈춰서더니 김기용을 바라보았다.

"최 사장이 뭐래?"

불쑥 서난영이 묻자 김기용은 쓴웃음을 짓는다.

"사기로 한국 수사기관에 고발하겠다고, 자료가 다 있으니까 고발하는 데는 별 문제가 없다고 하더구나."

"지금 그 사람 어디 있어?"

얼굴을 굳힌 서난영이 다시 묻는다. 그러자 김기용은 정색했다.

"내가 대리인이야. 나한테 사건을 위임했단 말이야."

놀란 듯 서난영이 눈만 크게 떴을 때 김기용이 한마디씩 차근차근 말한다.

"너, 최 사장뿐만이 아니더구먼. LA에서 사업하는 양만홍 씨한테도 1년 계약 동거를 하기로 약속 하고는 선금으로 받는 3만 달러를 받고 튀었지?"

서난영의 얼굴이 하얗게 굳어졌고 김기용이 말을 잇는다.

"샌프란시스코에서는 성국전자 이민수 지사장 집에서 현금 2만 달러하고 귀금속 2만 달러어치를 훔쳐서 도망갔어."

"그, 그건……."

이제는 온몸이 굳어진 서난영이 떨리는 목소리로 말한다.

"그, 그 사람이 약, 약속을 어겨서."

"본래 이민수씨 하고는 와이프가 한국에 가 있는 한 달 동안 같이 사는 조건으로 3천 달러를 받기로 한 거 아냐? 넌 열흘째가 되는 날에 돈 훔쳐서 도망 나왔어."

차갑게 말한 김기용이 서난영을 똑바로 보았다.

"그 외에 또 있지만 지금 말하진 않겠어. 어쨌든 난 그 세 사람한테서 사건 의뢰를 맡은 대리인이야."

이제는 몸만 떠는 서난영을 향해 김기용이 묻는다.

"너, 내가 시킨 대로 할 거야?"

김기용의 시선을 받은 서난영이 입안에 고인 침부터 삼켰다.

"무, 무엇을?"

"할거야? 말거야? 대답부터 해!"

그리고는 김기용이 눈을 치켜떴다.

"네가 조건을 내밀 때냐?"

"할게."

서난영이 헐떡이며 말했다.

"경찰에 데려가기만 안 한다면 다 할게."

이번 복권 1등은 김기용이 탔다. 현금이 필요했기 때문이다. 1등 당첨은 간단한 일이었다. 지난번 윤철 엄마의 남편 정기태가 지갑에 넣어둔 복권 번호는 1등으로 바꿨고 이번에는 김기용이 미리 사놓은 복권 번호대로 추첨이 되도록 만든 것이다. 복권만 갖고 있으면 누구라도 1등을 만들어 줄 수가 있다. 돈을 타기 직전에 복권 번호를 바꿔 줄 수가 있기 때문이다.

"이번 1등은 두 명 뿐이어서 상금이 32억이나 되었습니다."

김기용을 회의실에서 한참이나 기다리게 한 다음에 통장을 들고 들어온 담당 부장이 웃음 띤 얼굴로 말한다.

"그런데 학생은 너무 태연하세요. 내가 상금 지급을 여러 번 했지만 학생처럼 차분한 경우는 처음입니다."

김기용은 잠자코 웃기만 했으므로 부장이 통장을 내밀었다.

"자, 됐습니다."

"고맙습니다."

통장을 받은 김기용이 방을 나왔을 때 뒤에서 사내의 목소리가 울렸다.

"정말 이런 일 싫어. 좆 빠지게 일해서 겨우 먹고 사는 사람들이 저런 꼴 보면 얼마나 배가 아플까? 저 개자식은 이제 일 않고 펑펑 쓰면서 살겠지, 에라이. 가다가 교통사고나 나라."

물론 머릿속 생각이라 김기용은 귀로 듣는 것이 아니라 머리로 듣는다.

보육원 앞에 선 이미옥은 손에 쥐고 있던 검정색 비닐봉지를 본다. 봉지 안에는 연주가 좋아하는 과자 두 봉지와 길가에서 3천 원을 주고 산 셔츠 한 장이 들었다. 오후 2시 반. 성남의 성심 보육원은 조용했다. 교외의 산기슭에 2층 벽돌집을 개조하여 만든 보육원은 8살 미만의 아동 47명을 수용하고 있었는데 연주도 그중 한명이다. 7살짜리 연주는 지금 넉 달째 성심 보육원에서 지내고 있었지만 전혀 적응이 안 되었다. 전화를 할 때마다 우는 바람에 이미옥은 몇 번이나 대전에서 이곳까지 왔다가 돌아갔다. 그러나 식당에서 겨우 먹고 자는 일자리를 얻어놓은 상황에서 연주를 데려갈 수는 없다. 일 하는 동안 연주를 둘 데도 없는데다 첫째 주인이 싫어한다. 보육원의 담장에 등을 붙이고 선 이미옥이 다시 길게 숨을 뱉는다. 3년 전에 남편 장기호가 오토바이 배달을 하다가 뺑소니차에 치어 죽은 후부터 이미옥은 온갖 일을 다 했다. 그러나 작년부터는 월세 방 보증금도 빼먹어서 며칠씩 하숙집에서 지내다가 여름에는 노숙도 해보았다. 그러다 결국에는 보육원을 찾아가 연주를 맡긴 것이다. 얼굴이 반반했거나 몸매라도 잘 빠졌다면 몸까지 팔았겠지만 이미옥은 작은 키에 소아마비로 한쪽 다리까지 절었다. 이미옥은 어깨를 늘 어뜨리며 길게 숨을 뱉는다. 오늘 12시까지 보육원에 가겠다고 말 했으니 원장은 물론이고 연주까지 애타게 기다리고 있을 것이었다. 보육원에서 연주를 데려가라고 했기 때문이다. 본래 맡기기로 한 기간이 한 달이나 지난 데다가 며칠 전부터 연주는 밥도 안 먹고 울기만 한다는 것이다. 거기에다 연주는 보육원에 맡겨질 때 서류를 제대로 갖추지 못했다. 이미옥이 신용불량자 인데다가 주민등록이 말소된 상태였고 보증인도 없었기 때문이다. 이미옥의 눈에서 마침내 눈물이 흘러내린다. 지금까지 세상이나 하느님을 원망 한 적은 한 번도 없다. 어렸을 때부터 소아마비로 가난하게 자랐기 때문에 현실에 순응하는 습관이 몸에 배어져있다. 그러나 이제 딸 연주를 생각하면 가슴이 미어지면서 이렇게 만들어준 자신이 원망스럽다. 손등으로 눈물을 닦은 이미옥이 담에서 등을 떼었다. 오늘 연주를 데리고 나오게 되면 같이 죽을 작정이었다. 연주에게 과자 먹이고 옷 갈아입히고는 같이 물에 빠져 죽을 것이다. 하늘을 우러러 본 이미옥은 발을 떼었다.

　　"잠깐만요."

뒤에서 부르는 소리에 이미옥은 소스라치게 놀란다. 머리를 돌린 이미옥이 앞에 서있는 청년을 본다. 큰 키에 부드러운 인상의 청년. 시선이 마주쳤을 때 이미옥은 갑자기 가슴이 편안해지는 것을 느낀다. 그때 청년이 말했다.

"연주 데리고 나오세요."

"네에?"

놀란 이미옥이 눈을 둥그렇게 떴다. 이 청년이 어떻게 연주 이름을 안단 말인가? 그러자 청년이 웃음 띤 얼굴로 말한다.

"제가 아줌마하고 연주가 살 집도 구해 놓았어요. 25평짜리 연립주택인데 괜찮아요. 지은 지 반년밖에 안되었거든요."

"누구세요?"

덜컥 겁이 난 이미옥이 한걸음 물러서기까지 하면서 묻는다. 세상에는 별놈의 사기단이 다 있기 때문이다. 그러자 청년이 손에 쥐고 있던 가방을 들어 보이면서 말한다.

"먼저 동사무소에 가서 거주 신고부터 해야 되겠어요. 가면서 하나씩 설명해드릴께요."

그로부터 세 시간쯤이 지난 오후 6시경에 김기용은 이미옥과 연주와 함께 연립주택의 거실에 앉아있다. 반 년간 살던 세입자는 외국인으로 가구까지 다 팔고 한국을 떠났다. 그래

서 이미옥 모녀는 몸만 들어왔어도 당장 저녁부터 지어먹을
수 있을 정도였다. 쌀통에 쌀이 남아 있는데다 냉장고에는 돼
지고기까지 냉동되어 있었기 때문이다. 세 시간 동안 같이 다
니면서 연주는 김기용과도 친해졌다. 김기용 앞에 물 잔을 내
려놓고는 배시시 웃고 돌아갔다. 소파에 앉은 김기용이 집 등
기 서류를 이미옥 앞에 내려놓는다. 이미옥의 명의로 연립주
택을 산 것이다. 시가는 2억2천만 원. 성남시 변두리였지만
공기도 맑고 내년부터 연주가 다닐 초등학교도 걸어서 5분
거리였다. 김기용이 말한다.

"이 등기서류 잘 두시구요. 그리고 이것."

김기용이 다시 가방에서 봉투 하나를 꺼내 이미옥 앞에 놓
는다.

"3억짜리 수표 들었어요. 그걸 내일 은행에 우선 넣어두시
고 생활비를 빼 쓰세요. 월 이자를 받으시든 알아서 하세요."

그러자 다시 이미옥이 주르르 눈물을 쏟는다. 오늘 이미옥
은 김기용과 함께 다니면서 열 번도 더 이런다. 처음에는 잔
뜩 경계를 했다가 연주와 함께 동사무소에 들리고 미리 약속
해둔 부동산에 들러 계약을 끝내는 동안 이미옥의 경계심이
조금 풀리긴 했다. 그러나 아직 영문은 모르고 있다. 김기용
이 도와주고 싶었기 때문이라고 했지만 납득할 수 없었던 것

이다. 그때 김기용이 머리를 들고 이미옥을 보았다.

"아줌마, 그럼 내가 아줌마한테만 비밀을 알려드릴께요."

그러자 이미옥이 와락 긴장했다. 마침 연주는 응접실 구석에서 장난감을 뒤척이는 중이었다. 외국인도 연주 또래의 아이가 있었는지 어울리는 장난감이 많았다. 김기용이 목소리를 낮추고 말한다.

"난 산트로라고 해요. 산트로는 신이 보낸 심부름꾼이죠."

이미옥이 입과 눈을 딱 벌린다. 어안이 벙벙한 표정이 되었다. 무신론자이며 갖은 고생을 다 하고 자란 이미옥이다. 이런 말은 통하지 않는다. 그러자 김기용이 빙그레 웃는다.

"아줌마, 일어나 보세요."

김기용의 시선을 받은 이미옥이 마지못한 듯 일어선다. 그것을 본 김기용이 말을 이었다.

"자, 아줌마 저기 연주한테 걸어 갔다와 보세요, 어서요."

그러자 심호흡을 한 이미옥이 발을 떼었다. 발을 뗄 때는 항상 온전한 다리를 딛고 짧은 다리를 뻗으면서 몸이 왼쪽으로 기울어지는 터라 버릇처럼 어깨를 치켜세웠다. 그런데 짧은 다리가 딛어졌을 때 몸이 기울지 않았다. 미리 이깨를 치켜세우는 바람에 꼴이 이상하게 되었다. 그래서 두 걸음 째 다리를 떼고 다시 짧은 다리를 뻗었을 때는 숨을 멈췄다. 몸이 제대로 서있는 것이다.

"아아."

저도 모르게 탄성을 뱉은 이미옥이 두 걸음을 더 떼었다가 바지를 걷어 올렸다. 이미옥은 바지만 입어왔기 때문이다.

"아앗."

이미옥의 입에서 이번에는 놀란 외침이 터졌다. 기적이 일어난 것이다. 안쪽으로 많이 굽혀졌던 발이 정상으로 돌아왔다. 그리고 짧았던 다리도 길어진 것이다. 눈을 치켜뜬 이미옥이 정상인처럼 걸어 김기용의 앞에 서더니 떨리는 목소리로 헐떡이며 묻는다.

"저, 정말로 하, 하나님이세요?"

"산트로, 신이 보낸 심부름꾼이죠."

김기용이 웃음 띤 얼굴로 자리에서 일어서며 말한다.

"언제든지 무슨 일이 있으면 내가옵니다. 내가 누군지 이제 아시겠지요?"

그러자 이미옥이 눈을 크게 뜨고 말한다.

"산트로."

택시 뒷좌석에 앉은 김기용이 눈을 감았다. 지금까지는 인연이 있었던 사람, 그리고 보고 들을 수 있었던 사람만을 상대했지만 이미옥은 전혀 새로운 부류였다. 이미옥과는 인연이 없었고 보지도 듣지도 못했던 것이다. 성남 교외의 보육원 앞을 지나게 된 것도 우연이다. 집을 구하려고 근처 부동산에 들렀다가 돌아가는 길이었다. 그리고 보육원 앞을 지나는 순간 이미옥이 하늘을 올려다보는 모습을 보았고 그 다음 순간 이미옥의 전 인생이 머릿속에 입력되었다. 자신이 계약한 연립주택은 이미옥과 연주가 살 집이었던 것이다.

"산트로."

눈을 감은 채 김기용이 머릿속으로 묻는다.

"당신은 나를 시켜서 인간들에게 축복을 내려 주실 계획입니까?"

대답을 기다렸지만 답이 없었으므로 김기용이 말을 잇는다.

"내 능력은 언제까지 주실 겁니까? 갑자기 빼앗아 가시는 건 아니죠?"

갑자기 조바심이 난 김기용이 번쩍 눈을 뜨고 운전사를 보았다.

"아저씨."

김기용이 부르자 운전사가 백미러를 본다. 백미러에서 둘의 시선이 마주쳤다. 50대쯤의 피로에 지친 얼굴. 그 순간 운전사의 인생이 모두 김기용의 머릿속에 박혔다.

“아저씨, 차를 저기에 좀 세우세요.”

김기용이 앞쪽을 손으로 가리키며 말하자 운전사는 잠자코 길가에 차를 세운다. 성남 교외의 대로여서 인도에는 통행인이 드물다. 그때 김기용이 묻는다.

“아저씨, 사우디 젯다는 지금 몇 시죠?”

그러자 운전사가 몸을 돌려 김기용을 보았다. 그러더니 손목시계를 보고나서 대답했다.

“지금 한국시간이 7시니까 거긴 오후 1시쯤 되었겠네요. 여섯 시간 차이가 나니까.”

“아저씨, 지금 아람코의 핫산 사장 전화번호 갖고 계시지요?”

“예에?”

외마디 소리를 뱉은 운전사의 두 눈이 커졌다. 놀란 듯 잠깐 숨도 멈춘다. 이윽고 어깨를 치켜세운 운전사가 묻는다.

“어, 어떻게 아람코 핫산 사장을 아시오? 날 아시오?”

“아저씨, 저하고 이러실 시간 없으니까 지금 바로 핫산 사장한테 전화하세요.”

김기용이 서두르듯 말을 잇는다.

“지금 마악 정유공장 건설 관리자로 아저씨를 생각하고 있거든요. 그러니까 지금 연락을 하시면 그 공사현장 관리자로 가실수가 있어요."

운전사가 김기용의 얼굴을 뚫을 것처럼 바라보더니 말이 끝나자마자 주머니에서 수첩을 꺼내 들었다. 그때 김기용이 말을 잇는다.

"단도직입적으로 말 하세요. 아저씨 생각을 하실 것 같아서 전화 드렸다고요. 아저씨도 그 사람 생각했다고 하시구요. 일을 하겠다고 하세요."

김기용의 말이 끝나기도 전에 운전사는 수첩의 전화번호를 보면서 휴대폰 버튼을 누르기 시작했다. 그리고는 휴대폰을 귀에 붙인다.

"만세!"

10분쯤 후에 길가에 세워진 택시 안에서 우렁찬 만세 소리가 울려나왔다. 전(前) 극용건설 상무 진성만은 회사에서 해임된 후에 3년 동안 직장을 잡지 못했다. 그래서 두 달 전부터 택시 운전을 시작했는데 사고를 세 번이나 내서 오히려 번 돈보다 게워낸 돈이 많았다. 20년 가깝게 사우디 현장에서만 근무했던 터라 한국에는 연줄도 없는 것이 치명적이었다. 그러나 바로 조금 전에 진성만은 사우디 건설업체 아람코의 사장 핫산으로 부터 이번에 건설할 예정인 4억불짜리 정유공장 공사의 현장소장으로 임명을 받은 것이다. 3년짜리 공사였고 그 공사가 끝나면 추가 공사도 준다고 했다. 만세를 부르고난 진성만이 서둘러 차 밖으로 나온다. 그러나 젊은 청년은 보이지 않았다. 통화하는 사이에 밖으로 나갔는데 어느새 사라진 것이다.

"신이야, 신이 나타나셨어."

택시 뒤에 선 진성만의 눈에서 눈물이 주르르 흘러내렸다. 진성만이 다시 울음 섞인 목소리로 말을 잇는다.

"모두 정수 엄마가 기도를 해준 덕분이야. 하느님이 기적을 내리셨어."

독실한 기독교 신자인 와이프는 매일 새벽에 교회에 나가 기도를 해온 것이다. 흐느낌처럼 숨을 들이마신 진성만이 다시 핸드폰의 버튼을 누른다. 와이프에게 이 기적을 말해 줘야만 한다.

다시 고시원 골방으로 돌아온 김기용은 자리에 반듯이 누워 천장을 본다. 오늘 이미옥 씨를 만남으로써 산트로는 자신에게 능력을 부여했을 뿐만 아니라 아직도 내려다보고 있다는 것이 증명되었다. 자신은 산트로의 심부름꾼일 뿐이다. 이미옥이 왜, 어떻게 선정 되었는지를 모르는 것은 말할 것도

244

없고 내 자신이 선정된 이유도 아직 모르고 있다. 김기용은
눈을 감았다. 옆방은 조용하다. 문득 옆방 사내의 귀를 멀게
한 사실이 떠올랐으므로 김기용은 주위를 돌려 보았다. 그러
자 옆방 사내의 모습이 떠올랐다. 백용철. 순식간에 백용철의
인생이 머릿속에 주입 되었는데 지금 24시간 설렁탕집 주차
장에서 주차 관리를 하고 있는 중이었다. 그런데 운동모자를
깊게 눌러썼고 초여름인데도 귀마개로 귀를 덮었다. 귀가 들
리지 않으니까 귀를 덮어서 들리지 않은 시늉을 한 것이다.
백용철의 표정은 어두웠다. 전과 3범. 성격이 거칠어서 자주
행패를 부렸지만 반년 전부터 술을 끊고 춘천에서 사는 와이
프와 열 살 난 아들에게 매월 생활비 60만 원씩을 보내고 있
다. 그런데 갑자기 귀가 들리지 않는 통에 설렁탕집에서도 잘
리게 될 것 같다. 김기용이 백용철의 귀에 시선을 주었다가
떼었다. 그러자 백용철이 펄쩍 뛰듯이 놀라 저만큼 앞에 서있
는 동료 이춘식을 부른다.

"야, 춘식아!"

"저 귀머거리 새끼가."

평소에는 백용철에게 기가 죽어지내던 이춘식이 제법 큰소
리로 투덜거렸다. 마음 놓고 욕을 하는 것이다.

"왜 불러? 이 새끼야."

"아니, 이 개자식이 엇다대고!"
눈을 치켜뜬 백용철이 다가간다.
"어따 대고 욕을 해 이 자식아!"
"내가 언제?"
"내가 언제라고?"
와락 소리치자 이춘식의 얼굴이 하얗게 굳어졌다. 이 망할
놈의 귀가 터졌다.

윤건철이 뇌를 다쳐서 말도 못한다는 소식을 들었을 때 이
순미는 별로 충격을 받지 않았다. 그만큼 시들해졌다는 증거
가 될 것이다. 로데오 거리를 김영지하고 같이 가다가 사고를
당했다니 조금 개운한 기분까지 들었다. 남녀의 감정은 곧 식
는다. 그것이 철칙이다. 사람이 죽는 것이나 같은 이치다. 이
순미는 그 진리를 다시 한 번 확인한 셈이었다. 화창한 햇볕
이 쏟아지는 오후 3시경. 바람이 조금 불었지만 하늘은 푸르
렀고 대기는 맑다. 학교 도서관 뒤쪽의 그늘진 벤치에 앉은
이순미는 문득 무릎위에 펼쳐 놓은 책을 덮고 앞쪽을 본다.
숲이 울창한 학교 뒷산은 깊은 정적에 덮여져 있다. 이곳이
학교 안에서 가장 구석지고 조용한 장소다. 벤치에는 먼지가
너무 쌓여서 닦고 앉아야만 했다. 이순미가 길게 숨을 뱉는

다. 김기용이 떠올랐기 때문이다. 그때 김기용에 대한 감정이 무엇이었는지는 지금도 확신하지 못하겠다. 동정심 일수도 있고 변형된 사랑일지도 모른다. 사랑이란 무엇인가? 정답이 있는가? 그러나 내가 김기용을 버린 것은 맞다. 굳이 이유를 대라면 그 보석상자 두개. 그것은 지독한 동정심과 자극까지 주었지만 한편으로 현실을 일깨워주는 효과를 내었다. 유골 상자 두 개. 지금도 그것을 떠올리면 눈물이 난다. 그 기억이 있는 한 김기용 옆으로는 돌아가지 못할 것이다. 옆에서 인기 척이 들렸으므로 이순미는 머리를 들었다.

"아앗!"

이순미의 입에서 놀란 외침이 터졌다. 옆에 김기용이 서 있었기 때문이다. 이순미의 시선을 받은 김기용이 빙긋 웃는다. 숨을 삼킨 이순미가 눈만 크게 떴다. 김기용은 달라졌다. 모습은 그대로인데 다른 사람 같으니 웬일인가? 어깨를 쫙 폈고 표정이 부드럽다. 그리고 저 눈 좀 봐. 김기용이 저런 눈빛을 내고 있다니. 그때 김기용이 말했다.

"엄마하고 수진이는 할머니한테 가 있어. 지금 아주 편안하게 지내고 있지."

이순미가 겨우 숨을 들이켰을 때 김기용이 옆에 앉는다.

"날 봐."

지금까지 눈도 떼지 못하고 있는데도 김기용이 그렇게 말하더니 다시 빙긋 웃는다. 그 순간 이순미의 심장이 격렬하게 뛰기 시작했다. 얼굴도 달아오른다. 김기용이 손을 뻗어 이순미의 손을 잡았다. 뜨겁다. 이순미는 금방 제 몸이 불속에 던져진 것처럼 느껴졌다. 그러나 편안했다. 이대로 영원이 되었으면 좋겠다. 이순미가 눈을 감았을 때 김기용의 부드러운 목소리가 머릿속으로 파고들었다.

“산트로.”

〈1권 끝〉